BELLE-AMIE

DES MÊMES AUTEURS

Michaël Darmon

L'après Le Pen (avec Romain Rosso), Seuil, 1998.
Front contre Front (avec Romain Rosso), Seuil, 1999.
Sarko Star, Seuil, 2004.
Michèle Alliot-Marie, la grande muette, L'Archipel, 2005.
La Vraie Nature de Nicolas Sarkozy, Seuil, 2007.
Au plus près du président, journal et photos de campagne (avec Élodie Grégoire, Carl Méeus, Jean-Luc Luyssen), Éditions du Moment, 2007.

Yves Derai

Mitterrand, Israël et les Juifs (avec Yves Azéroual), Robert Laffont, 1990.
Le Pouvoir des Guignols (avec Laurent Guez), Édition°1, 1998.
« *Appelez-moi Jacques* » (avec Laurent Guez), Calmann-Lévy, 2001.
Le Gay Pouvoir, Ramsay, 2002.
L'homme qui s'aimait trop (avec Aymeric Mantoux), L'Archipel, 2005.
Israël Transit (Entretiens avec Arno Klarsfeld), L'Archipel, 2005.

Ruptures, de Michaël Darmon et Yves Derai, Éditions du Moment, 2008.

MICHAËL DARMON - YVES DERAI

BELLE-AMIE

ARCHIPOCHE

www.archipoche.com

Si vous souhaitez recevoir notre catalogue et être tenu au courant de nos publications, envoyez vos nom et adresse, en citant ce livre, aux Éditions Archipoche,
34, rue des Bourdonnais, 75001 Paris.
Et, pour le Canada, à
Édipresse Inc., 945, avenue Beaumont,
Montréal, Québec H3N 1W3.

ISBN 978-2-35287-141-5

En souvenir joyeux d'une rencontre,
il y a trente-quatre ans,
sur un autre terrain de jeu.

Prologue

« Tout Paris veut travailler avec moi ! Ceux qui ne sont pas contents peuvent partir, je m'en moque ! »

Autour de Rachida Dati, garde des Sceaux fraîchement nommée, nul ne bronche. L'équipe de juristes émérites constituée par le directeur de cabinet, Michel Dobkine, n'ose pas la moindre protestation. La ministre a profité de la traditionnelle réunion de cabinet pour mettre les points sur les *i*: elle ne tolère aucun état d'âme de magistrat sur la politique judiciaire qu'elle compte initier dans la foulée de l'élection de Nicolas Sarkozy. Une fois les portes de l'hôtel de Bourvallais refermées et les caméras disparues, un aspect méconnu de Rachida Dati prend le dessus. Le sourire de diamant s'éteint, l'humilité joyeuse est remisée tel un costume de théâtre, la parole se durcit, les ordres fusent. *« Il faut faire tomber des têtes de directeurs pour se faire obéir de l'administration »*, décrète la garde des Sceaux. Son équipe est abasourdie. Face à l'ouragan qui les heurte de plein fouet, les conseillers de la chancellerie commencent à mesurer l'ampleur du malentendu qui s'esquisse à grands traits. La plupart d'entre eux ont rejoint le ministère de la Justice parce qu'ils le considèrent comme le temple du droit et de la pondération, et voilà qu'ils assistent au magistère de la violence et de la menace. Dans un premier temps, Michel Dobkine essaiera de calmer le jeu. « *Ça n'est pas grave,* dit-il à ces experts qu'il a lui-même recrutés. *Elle débute, elle va vite apprendre.* » Mais il se découragera jusqu'à la démission.

Ce printemps 2007, Rachida Dati, petite Cendrillon de la République, devient la dame de fer de la place Vendôme.

Place Vendôme. Comment ne pas voir en elle une nouvelle étape du fabuleux destin de Rachida Dati, à l'image de cette esplanade qui compte parmi les plus luxueuses de la capitale? Née de l'imagination du Roi-Soleil, elle constitue le joyau de Paris en même temps que le symbole de la monarchie absolue. À l'époque où la ville n'est traversée que de rues étroites, on y célèbre les mariages royaux, on y tient foire. Rapidement, les plus grandes fortunes s'y installent tel John Law, l'inventeur en 1718 du papier-monnaie, qui rachète la moitié de la place. Une immense spéculation financière attire banquiers et seigneurs de la finance ravis d'acquérir à vil prix les demeures aménagées en somptueux hôtels particuliers. Transformée en « place des piques » prévues pour les têtes des aristocrates pendant la Révolution puis témoin des gloires de l'Empire, la place Vendôme renoue avec le faste et le luxe à la Belle Époque. Les grandes familles de Paris rivalisent de retentissantes réceptions. Les équipages de la baronne de Gargan sont en compétition avec ceux de la princesse de Broglie et de la marquise de Tredern. Quant à la belle comtesse de Castiglione qui a ébloui Paris, ne sortant que la nuit pour ne pas abîmer sa peau à la lumière, elle termine ses jours dans la solitude, juste au-dessus du joaillier Boucheron. Voisins de palier des grands noms de la capitale, les bijoutiers illuminent la place. Chaumet, Van Cleef & Arpel et Mauboussin arborent le rêve en vitrine. César Ritz, venu de Londres, inaugure son luxueux hôtel où, plus d'un siècle plus tard, Rachida Dati et son amie Cécilia Sarkozy aimeront tenir salon.

Transpercée par la colonne érigée à partir des bronzes des canons autrichiens pris à Austerlitz, la place Vendôme tente de réconcilier les esprits contraires qui soufflent sur elle en abritant depuis deux cent cinquante ans le siège du ministère de la Justice, dans le majestueux hôtel de Bourvallais sis au numéro 13. Rachida Dati s'est installée là comme elle se love dans l'écrin de sa propre histoire. Avec son prénom qui claque comme une marque, un nom qui tinte telle une promesse d'avenir pour les enfants d'immigrés, elle entre dans le club « ni élue ni énarque », rebelle aux conventions mais soumise aux codes éternels d'une ambition française. En l'espace d'un jour, elle devient une icône et fonde la république du glamour.

À l'instant où Rachida Dati est nommée ministre de la Justice, elle sait qu'on ne peut rien lui refuser. Elle est toute-puissante dans la cour sarkozyenne, dame de compagnie préférée de la *first lady* d'alors, Cécilia. C'est par son entremise que les Français ont découvert durant la campagne présidentielle cette beurette, issue de la « nouvelle France », porte-drapeau de toute une frange de la population laissée pour compte.

En charge d'un portefeuille régalien, Rachida Dati suscite rapidement un phénomène d'opinion hors norme. Dès septembre 2007, date de sa première estimation, elle est en seconde position des personnalités de droite testées, avec une cote d'influence de 42 %. Juste derrière Jean-Louis Borloo (46 %), devant Michèle Alliot-Marie (41 %)[1]. Que savent les Français d'elle à ce moment? Qu'elle est une femme, d'origine arabe, qu'elle est l'amie du nouveau président[2], et aussi... qu'ils ne la connaissent pas encore! « Rachida » comme on l'appelle dans les milieux autorisés, participe d'une certaine manière à l'ouverture. Non pas vers la gauche, mais vers la « diversité » ce qui en fait dans un premier temps une figure sympathique et relativement consensuelle. Cette faveur dans l'opinion, construite d'abord sur sa double « différence » femme et Arabe, bat en brèche les allégations de ceux qui veulent à tout prix dépeindre une opinion française misogyne ou raciste.

Des centaines d'articles, de reportages et de chroniques ont été consacrés à la « sarkozette » de la Sarkozie. *« Il y a un truc en moi qui fait écho chez lui. Comme moi, il ne supporte pas d'être humilié »*, dit Dati du président qui se définit lui-même comme un *« petit Français au sang mêlé*[3] *»*. Celle qui peut réveiller un cénacle de parlementaires assoupis par ses manières à la fois brutales et rieuses a conquis le cœur d'une majorité de Français, les déshérités autant que les nantis. Entomologiste des puissants, elle a observé, découpé les articles sur eux, potassé le *Who's Who* et repéré leurs lieux de prédilection avant de passer à

---

1. Étude réalisée en octobre 2008 par l'institut Isama créé en septembre 2008 par Jérôme Sainte-Marie, ancien directeur des études politiques du BVA.
2. Alors crédité d'une cote positive de 57 % par le baromètre Isama.
3. Discours du congrès d'investiture à la candidature à l'élection présidentielle à la porte de Versailles, le 14 janvier 2007.

l'action. La jeune femme, frêle et séduisante, est parvenue à chaque étape de sa vie à s'infiltrer dans les arcanes du pouvoir, à approcher les importants en se faisant inviter à des réceptions entre deux veilles à l'hôpital où elle travaillait comme aide-soignante pour financer ses études. À chaque fois, elle a trouvé les mots pour capter l'intérêt d'inconnus tout à coup émus par sa trajectoire parfois tragique. Cette brindille aux yeux de feu a su s'attirer les faveurs de ses interlocuteurs en les complimentant avec des accents de sincérité dans la voix. Dépourvue d'anges gardiens « naturels » en raison d'une extraction plus que modeste, elle va ainsi en enrôler une douzaine parmi les plus notoires de l'*establishment* français : Albin Chalandon, Marceau Long, Simone Veil, Jean-Luc Lagardère, Jacques Attali et bien d'autres, moins célèbres mais tout aussi influents.

La longue marche de Rachida Dati quittant Chalon-sur-Saône dans le dénuement et l'indifférence pour connaître son apogée sous les lambris de la République, à Paris, à la droite de Nicolas Sarkozy, déroule une trame romanesque dans la veine des héros de la littérature française du XIXe siècle. On pense immanquablement au Rastignac de Balzac. Plus encore, à Georges Duroy, le personnage de Maupassant surnommé « Bel-Ami » par la fille de l'une de ses conquêtes. Débarqué dans la capitale sans le sou, il atteindra les sommets grâce à son intelligence des situations, son pouvoir de séduction et d'intrigue et un incomparable instinct de survie. Les classes dominantes de l'époque se croisent dans le lit des affairistes. Politiciens, journalistes, spéculateurs, amants et maîtresses, à tour de rôle… La réputation est alors la valeur cardinale. On ne parle pas encore de « réseau » mais de « bonnes relations » sans lesquelles aucun projet d'envergure n'est possible. Le pouvoir passe beaucoup par les femmes. Dans ce Paris de la finance et de la connivence, on n'aime que ceux qui comptent, les passions sont incandescentes mais souvent flamme varie... Dans le Paris de Bel-Ami, si l'absinthe brûle les esprits, l'alcôve, parfois, tue.

À bien des égards, Rachida Dati s'apparente à une « Belle-Amie » des temps modernes. Derrière la légende de la beurette apeurée et travailleuse, une posture savamment étudiée, la réalité est plus prosaïque. Rien ne lui est arrivé par hasard. Tout a été calculé, organisé, arraché ou dérobé. *« La particularité de Rachida est de mettre de l'intime dans des relations qui en sont d'ordinaire dépourvues. Elle fonctionne à la fusion, elle pimente et bouleverse les codes relationnels »*, dit Nathalie Kosciusko-Morizet, secrétaire d'État chargée de l'Écologie, avec laquelle elle forme un tandem politique. Dans la bouche d'un de ses anciens collaborateurs qui a désormais rallié la cohorte de ses détracteurs, cela donne : *« Dati vous séduit et vous impose une relation maître-esclave. Si vous refusez, elle devient votre pire ennemi. »* Ce témoin, à l'instar de beaucoup d'autres, a tenu à garder l'anonymat, comme une condition non négociable. Car ce qui nous a éclaté au visage au fil de l'enquête, c'est la peur que suscite Rachida Dati, jusqu'au sommet des hiérarchies administratives et politiques. Une fois la question du *« off »* négociée, une seconde question était posée de façon quasi systématique par nos interlocuteurs : *« Vous pensez que vous irez jusqu'au bout ? »* Au fil des rencontres, nous avons reconstitué une autre histoire de Rachida Dati, loin de l'icône de la méritocratie. À l'opposé, pourrait-on dire. *« Elle est désespérante pour toutes les valeurs auxquelles on croit,* assène cette autre représentante de la diversité que Rachida Dati a voulu un temps dominer. *Elle démontre que l'on ne peut réussir sans passe-droits. Elle dévalorise le système français.* »

Pire, Rachida Dati est connue dans les arcanes du pouvoir « *pour son inaptitude au travail et son incapacité à formuler une idée sur la justice. Elle n'a tout simplement pas compris où elle était arrivée* », analyse avec le recul un ancien collaborateur du cabinet Dati au ministère de la Justice. Son tempérament tient lieu de compétence, ses origines de viatique. Elle s'en défend vigoureusement tout en jouant sur les deux tableaux. Outrée qu'on la désigne comme une beurette, adjurant les commentateurs de ne tenir compte que de ses résultats professionnels, elle dénonce les relents de xénophobie et les procès en illégitimité dès que son bilan est mis en cause.

Place Vendôme, Rachida Dati est confrontée chaque jour à ses démons. Où aller? Quelle voie choisir? Elle doit incarner la rigueur et l'austérité de la Justice mais elle n'a d'yeux que pour l'éclat du luxe. Elle est la chef des robes noires et des hermines officielles alors qu'elle ne rêve que de toilettes éclatantes. Il lui faut défendre la réforme des institutions, un texte majeur pour une garde des Sceaux, mais le droit constitutionnel la barbe. Sans complexe, elle feuillette en séance du Parlement ces magazines *people* qui font sa gloire. Pour les spécialistes de cette presse prospère, un fait est incontestable : Rachida Dati est plus « bankable » que la plupart des actrices françaises. Tout est prétexte pour la hisser à la une : ses amis, ses amours, ses emmerdes…

Un programme qui finit par agacer Nicolas Sarkozy. Le chef de l'État ne supporte pas que « *l'on parle plus de la grossesse de Rachida que des problèmes de justice* ». Mais même tombée en disgrâce, elle demeure un animal politique hors du commun.

Voici le conte réel de Rachida Dati, la Belle-Amie.

La trouvaille du Siècle

« Rachida, vous pourriez vous y mettre tout de même ! » Claude Guéant, directeur de cabinet du ministre de l'Intérieur, Nicolas Sarkozy, trouve que Mlle Dati, jeune conseillère technique pour la prévention et les questions de délinquance, use de bien curieuses méthodes. En particulier, celle qui consiste à demander à la plume du ministre, Marie-Hélène Debart, déjà surchargée de travail, d'écrire à sa place les notes et discours qui lui sont demandés. Claude Guéant a repéré ce petit jeu, il ne lui plaît guère. Rachida Dati, quelque peu impressionnée par le haut fonctionnaire, plaide sa cause avec l'habileté dont elle sait faire preuve lorsqu'elle se sent acculée. *« Mais, monsieur le directeur, Marie-Hélène est tellement plus douée que moi ! »* Et Marie-Hélène Debart, bonne camarade, se remet à l'ouvrage pour Rachida.

Place Beauvau, année 2003. Nicolas Sarkozy pose les premiers jalons de sa conquête présidentielle. Il piaffe, mais ronge son frein. Le perpétuel impatient doit compter quatre années avant de traverser la rue qui sépare le ministère de l'Intérieur de l'Élysée. En attendant, les priorités ne manquent pas : séduire l'opinion, forger des expressions controversées pour semer la panique dans les rangs de la droite, bref envahir le territoire chiraquien à partir de l'enclave autonome de la « Sarkozie ». Jacques Chirac, qui a progressivement accepté l'idée de réintégrer dans le dispositif gouvernemental son « mauvais fils » Nicolas après la trahison des balladuriens en 1995, observe sa créature avec curiosité et, déjà, inquiétude. Il glisse de temps à autre, au cours de leurs tête-à-tête, quelques pseudo-conseils que son ministre perçoit comme autant de mises en garde. *« Nicolas, tu as le droit de vouloir être candidat à l'élection présidentielle. Tu as le talent et l'énergie nécessaires. »* Entre les mots, une autre promesse s'insinue : *« Mon coco, tu ne perds rien pour attendre. »* Dans le camp sarkozyste, on fourbit les armes, on compte les cartouches, on affine la tactique. L'homme de la place Beauvau n'a de cesse de bouleverser les plans dont il se sent écarté. Qu'importent les tièdes et les prudents, l'essentiel pour lui est de tenir le haut de l'affiche. *« Si je réussis sur le terrain de la sécurité, rien ni personne ne pourra m'arrêter »*, dit-il à ses équipes. Le 20 novembre 2003, en direct sur France 2, Nicolas Sarkozy fait acte de candidature à l'élection présidentielle par une pirouette de fin d'émission[1]. La présidentielle, y pense-t-il le matin dans sa salle de bains? *« Pas seulement quand je me rase. »* La réplique offre un saisissant raccourci de la rhétorique Sarko : détourner une formule déjà utilisée par Laurent Fabius pour la propulser dans une dimension polémique et médiatique. La boutade vaut affirmation et sèche sur place les concurrents qui n'osent pas clamer leur ambition à haute voix. En cette fin

1. « 100 minutes pour convaincre », France 2.

d'année 2003, la course n'a pas commencé mais le célèbre jogger est déjà parti.

C'est sur ce cabinet ministériel de combat que Dati jette son dévolu. Au printemps 2002, elle lance une offensive cruciale pour sa carrière d'entriste : forcer le portail de la « forteresse Sarko ». Rachida Dati mobilise l'essentiel de ses appuis et active son réseau dans les cercles du pouvoir. *« Personne n'en voulait,* se souvient un témoin de cet épisode. *Dans le cabinet Sarkozy déjà bouclé, une arrivée entraînait une nouvelle répartition des postes et des primes. Vous pensez bien que l'équipe n'allait pas accepter de partager. Mais elle bénéficiait de protections très importantes. »* Ses *sponsors* se montrent persuasifs. Devant cette insistance, Claude Guéant finit par la recevoir, mais avec la ferme intention de lui expliquer qu'il n'y a pas de place pour elle. *« Confiez-moi n'importe quelle tâche, je travaillerai comme une petite souris. Je suis prête à aider Emmanuelle Mignon, j'aimerais tant bosser avec elle ! »* plaide Belle-Amie. *« Emmanuelle n'a pas besoin d'être aidée »*, rétorque Guéant.

Rachida Dati ne reste pas sur cet échec. Elle obtient un rendez-vous avec Nicolas Sarkozy en personne. *« C'est du jamais vu ! D'ordinaire, un ministre de son niveau ne consacre pas de temps à un entretien d'embauche d'une postulante au poste de conseillère technique »*, souligne l'un de ses proches collaborateurs. Mais Belle-Amie casse les codes. Lorsqu'elle rencontre le ministre de l'Intérieur, elle lui rappelle leur première entrevue. C'était en 1996 à la mairie de Neuilly. Il avait été l'un des nombreux destinataires des lettres que la jeune femme envoyait à toutes sortes de personnalités dont le seul dénominateur commun était de *compter*. Patrons, hommes et femmes politiques de droite comme de gauche, artistes, écrivains ou journalistes ont reçu de longues missives attendrissantes et flatteuses. Jusqu'au chanteur Alain Souchon qui en a ouvert plusieurs et, parfois, y a répondu. L'auteur de « l'Amour 1830 » ne pouvait pas rester insensible à une démarche qui remet au goût du jour la conquête épistolaire façon XVIIIe siècle.

En 1996, le maire de Neuilly est un ancien ministre qui s'est brûlé les ailes en soutenant Édouard Balladur à l'élection présidentielle de 1995. Nicolas Sarkozy entame alors sa traversée du désert. Jacques Chirac rejette catégoriquement le pardon pourtant recommandé par ses lieutenants. Alain Juppé, à Matignon, et Dominique de Villepin, secrétaire général de l'Élysée, plaident en effet auprès du président Chirac pour le retour en grâce de Sarkozy.

Pour tromper son ennui, ce dernier reçoit à tour de bras dans sa mairie neuilléenne. Franck Louvrier, le chef de cabinet du maire en charge de son agenda[1], se souvient du rendez-vous avec Rachida Dati : « *À l'époque, les entretiens avec Nicolas Sarkozy duraient un quart d'heure, maximum une demi-heure. Rachida a été plus proche du quart d'heure*[2]. » Le futur président de la République ne gardera aucun souvenir de cette brève entrevue.

Selon Rachida Dati, Sarkozy aurait ordonné en 2002, après seulement dix minutes de discussion : « *Il faut trouver un moyen de travailler avec Rachida*[3]. »

1. Il dirige aujourd'hui le service de presse de l'Élysée.
2. Propos recueillis par les auteurs.
3. Rachida Dati, *Je vous fais juges*, entretiens avec Claude Askolovitch, Grasset, 2007.

Mais la réalité de cette embauche pourrait être à la fois plus complexe et romanesque. D'après l'un de ses amis qui a souhaité garder l'anonymat, Pierre Bousquet de Florian suggère cette année-là à Claude Guéant de la récupérer. À cette époque, le responsable du contre-espionnage français est l'un des hommes les plus influents de l'appareil d'État. Bousquet de Florian, patron de la Direction de la surveillance du territoire, et Belle-Amie se sont rencontrés quelques années auparavant, place Vendôme. Amateur de profils atypiques, il aime détecter et polir les perles rares. Il a occupé, entre 1986 et 1988, les fonctions de chef de cabinet d'Albin Chalandon, garde des Sceaux, dont Rachida Dati a été la protégée officielle dès novembre 1987. La rencontre avec cet homme réputé pour son élégance s'est déroulée le 5, lors d'une réception à Paris célébrant l'indépendance de l'Algérie pour laquelle Rachida Dati avait réussi à se procurer un carton d'invitation. Son bal des débutantes et son premier coup d'éclat. Elle harponne l'acteur Roger Hanin à qui elle déclame son admiration – elle obtiendra ses coordonnées – puis fond sur Chalandon : *« Mon père m'a si souvent parlé de vous, il vous vénère. »* Le baron du gaullisme se montre sensible au charme de la brunette tant et si bien qu'il lui promet un déjeuner en tête-à-tête. Quelque temps plus tard, elle reprend le TGV pour la capitale et se retrouve dans la salle à manger de l'hôtel de Bourvallais. En guise d'amuse-bouche, Chalandon offre à la jeune femme de vingt-deux ans un traité d'économie de Raymond Barre. Rachida Dati se faufile rapidement parmi les intimes du garde des Sceaux. Lettres, déjeuners, thés l'après-midi… Le chef de cabinet Bousquet de Florian gère les rendez-vous discrets d'Albin Chalandon avec Rachida Dati qu'il découvre alors. Nullement impressionnée par les ors de la République, la jeune femme insiste auprès de son célèbre *sponsor* pour qu'il lui trouve un emploi. Il lui propose de rejoindre la compagnie Elf Aquitaine. Heureux hasard, Pierre Bousquet de Florian quitte justement la place Vendôme pour Elf Aquitaine dont il dirigera la communication de 1988 à 1990. Le 1er janvier 1988, Rachida Dati est donc embauchée au service comptabilité de la compagnie pétrolière. Elle emménage dans le VIIe arrondissement de Paris, dans une chambre située rue de Bourgogne, à deux pas de l'Assemblée nationale.

L'arrivée de Rachida Dati au cabinet de Nicolas Sarkozy en 2002, sur proposition de Pierre Bousquet de Florian, ternit donc quelque peu la légende officielle. Elle semble même constituer un avatar méconnu de la réconciliation entre chiraquiens et balladuriens. Car Bousquet de Florian est un proche de Dominique de Villepin. Le secrétaire général de l'Élysée, devenu ministre des Affaires étrangères après la réélection de Jacques Chirac, a beaucoup œuvré pour le rapprochement entre le maire de Neuilly et le président. Revenu dans le jeu gouvernemental à un poste clé, Sarkozy n'est pas en mesure de refuser grand-chose à quelqu'un comme Bousquet de Florian, même s'il ne supporte pas le personnage. Ainsi, l'arrivée de Rachida Dati place Beauvau sera finalement un geste de bonne volonté scellant l'entente provisoire entre le ministre de l'Intérieur, balladurien de cœur, et son collègue des Affaires étrangères, chiraquien actif.

En septembre 2002, Belle-Amie remporte une première manche. Elle entre au cabinet du ministre de l'Intérieur comme conseillère technique à la prévention de la délinquance. En réunion, Nicolas Sarkozy la présente à ses collaborateurs en écorchant deux fois son nom et, faisant allusion au forcing sans précédent de la nouvelle conseillère, déclare, un brin ironique : « *Je n'avais encore jamais rencontré quelqu'un qui ait autant envie de travailler avec moi.* » Les yeux baissés, l'air effarouché, Rachida Dati bredouille quelques mots.

Le « patron », comme certains le surnomment, intimide. Il exige une disponibilité totale de ses collaborateurs qui mettent leur vie privée entre parenthèses. Pour exister auprès d'un tel leader, il faut travailler plus, jour et nuit. La compétition est rude. « *Place Beauvau, c'est tous pour lui et chacun pour soi,* confie l'un de ceux qu'on surnommera par la suite les "Sarko boys". *L'agressivité était terrible entre les conseillers. Au début, personne ne donnait l'heure à l'autre.* » Dati est accueillie au lance-flammes. Elle avait occupé son dernier poste au tribunal d'Évry, à la section du parquet financier. Un magistrat au cabinet d'un ministre de l'Intérieur, c'est un peu comme un Indien qui traverse la rue principale d'un village du Far West. Le conseiller aux affaires juridiques, Étienne Apaire, prévient Rachida Dati : « *Tu n'as pas intérêt à marcher sur mes plates-bandes.* » Emmanuelle Mignon, l'une des belles mécaniques intellectuelles de la *dream team* sarkozyenne, au style sans fioritures, ne lui accorde aucune attention. Cette acharnée de travail est submergée par les dossiers et n'a que peu de temps à consacrer à la vie de l'équipe. Plus tard, quand la glace sera rompue, Rachida Dati lui reprochera de ne pas l'avoir aidée « *quand elle ne savait pas rédiger une note ou un amendement* ».

Belle-Amie pense déjà au coup d'après. Contrairement à ce que certains croient à l'époque et qu'elle laisse accroire, elle n'est pas une novice dans les cercles de pouvoir. Depuis une dizaine d'années, elle fréquente les grands patrons, d'anciens ministres de renom, ces milieux intellectuels qui la fascinent. Elle bénéficie aussi de l'appui de coaches qu'elle consulte régulièrement lorsqu'elle voit poindre une difficulté. Henri Nijdam, par exemple, propriétaire pendant dix ans de l'hebdomadaire *Stratégies*, actuel patron du *Nouvel Économiste*, l'a chaperonnée pendant près de dix ans. Depuis ce jour où, comme des dizaines d'autres, il a reçu une lettre. « *Elle était suffisamment bien tournée pour que j'accède à la demande de son expéditrice, la recevoir* », se souvient-il[1]. Lors de leur première rencontre au bar de l'hôtel Raphaël, l'homme de presse est frappé par le regard de son interlocutrice. « *Elle n'avait pas beaucoup d'allure, mais dans ses yeux j'ai vu une détermination impressionnante.* » À l'issue de cette prise de contact, Nijdam accepte de la conseiller. Pourquoi? Il n'est pas sûr de le savoir. Dans les années quatre-vingt-dix, ce patron courtisé n'a pas de temps à perdre avec une inconnue dont il n'est même pas amoureux. « *J'étais amusé par son discours,* dit-il. *Elle me demandait de devenir son mentor. C'était plutôt intéressant et pour une part, non-conformiste.* » Rachida Dati a souvent usé de ce procédé pour ferrer des personnalités influentes. « *Elle a aussi fait pas mal de* name dropping[2] *pendant nos entretiens,* poursuit Nijdam. *Elle citait Albin Chalandon, Simone Veil, Jean-Luc Lagardère, Jacques*

1. Propos recueillis par les auteurs.
2. Procédé qui consiste à truffer un propos de noms célèbres.

Attali... » En acceptant de parrainer Rachida Dati, on entre en somme dans un club select qui ne fera que croître avec les années. L'éditeur perçoit chez elle la tension entre deux cultures : la tradition orientale, qui assigne un rôle bien précis à la femme comme reine du foyer, et l'occidentale ouvrant vers l'émancipation. Nijdam enjoint à Rachida Dati de s'assumer. « *Mettez-vous au balcon et regardez-vous passer dans la rue, transformez vos contraintes en opportunités* », lui dit-il. L'élève appliquera ces préceptes au-delà des intentions de son coach.

« *Je rêve de travailler pour vous.* » La jeune Dati répète l'antienne à de nombreux responsables, chefs d'entreprise, ministres qu'elle interpelle depuis des années dans des circonstances soigneusement préparées. « *Cette technique a toujours été sa force* », explique un témoin qui a travaillé à ses côtés au ministère de l'Intérieur. Un publicitaire en vue dans les années quatre-vingt, Philippe Lorin, créateur entre autres slogans de « *Perrier, c'est fou* », n'a pas oublié comment Rachida Dati est entrée brutalement dans sa vie avant d'en sortir de manière aussi soudaine. « *Je l'ai rencontrée un soir pendant un cocktail à l'ambassade du Maroc, à l'occasion de la fête nationale,* raconte-t-il. *C'est le frère de l'ambassadeur, M. Baddou, un ami commun, qui me l'a présentée. Elle m'a abordé de manière très agréable. Mon épouse d'alors, Marisha, l'a trouvée formidable. Nous la voyions beaucoup, je lui donnais quelques conseils, elle nous attendrissait. Quand ma femme est morte dans un accident de voiture, elle est venue chez moi le soir même. Nous sommes restés à discuter jusqu'à trois heures du matin. Elle me consolait, presque sans rien dire alors qu'elle est plutôt d'un naturel volubile. À la fin de la conversation, je lui ai annoncé que je quittais Paris pour m'installer à Tanger et que j'allais céder mon agence. Elle a disparu du jour au lendemain. Manifestement, je ne l'intéressais plus*[1]. » Bien des années plus tard, Philippe Lorin croise Mme la conseillère de Nicolas Sarkozy lors d'un dîner. « *On se connaît* », lui dit-il. « *Oui, il me semble* », répond Belle-Amie en détournant le regard.

Depuis des lustres, Rachida Dati cultive son carnet d'adresses et sa science du comportement dans le beau monde. Au tribunal de Péronne, dans la Somme, où elle occupe en 1997 son premier poste après son passage à l'École nationale de la magistrature (ENM), elle a déjà surpris ses collègues en se faisant introniser en présence de Marceau Long avec la robe de Simone Veil. C'est encore Albin Chalandon qui, dix ans auparavant, a recommandé Rachida Dati comme stagiaire à Marceau Long alors qu'il présidait le Haut Conseil à l'intégration. L'ancien secrétaire général de l'Élysée du temps de Valéry Giscard d'Estaing et de François Mitterrand est un ponte de la République qui connaît comme personne les rouages du système. Dati accroche Marceau Long qui la présente à son tour à Simone Veil. Celle-ci la prend sous son aile. Experte dans l'art de coloriser les tableaux du passé, Belle-Amie se drape dans les plis de cette toge ô combien précieuse pour souligner l'onction de Simone Veil. Qui oserait mettre en doute la parole d'une femme qui porte la robe de cette immense dame de France? Rachida Dati s'ébroue dans le pathos dès qu'elle parle de sa « marraine ». Elle évoque leurs discussions entre

1. Propos recueillis par les auteurs.

femmes, sa relation quasi filiale avec l'ancienne présidente du Parlement européen, une des *« plus grandes autorités morales du pays »*. Simone Veil, de son côté, se montre moins prolixe sur sa « filleule » en dehors de quelques compliments d'usage et d'un soutien politique ici ou là. Dans ses mémoires, l'ancienne ministre de la Santé s'attarde sur les blocages de la société française et vante les bienfaits de la discrimination positive. Elle cite en exemple la promotion de Sciences Po dans les banlieues, créée par Richard Descoings. Pas une fois le nom de Rachida Dati n'apparaît au fil des pages[1].

À Peronne, la jolie magistrate court-circuite toute la voie hiérarchique, parle et déjeune avec le premier président du tribunal, fait venir les caméras dans la salle d'audience. Ses collègues la trouvent cassante et hautaine. Elle, conteste ses notations et passe le plus clair de son temps dans le train pour Paris afin de ne pas rater soirées chic et dîners fins. À cette époque, elle rencontre Frédéric Ferney, présentateur de l'émission littéraire « Droit d'auteurs » sur France 5 et critique dramatique au *Figaro*. C'est Éric Orsenna, prix Goncourt et ancienne plume de François Mitterrand, qui les a présentés lors d'une avant-première. Le quadra bronzé et cultivé est convié six jours sur sept à des générales de théâtre où se retrouve la fine fleur parisienne. *« J'ai vécu une jolie histoire d'amitié amoureuse avec Rachida,* confie Frédéric Ferney. *Je sortais d'un divorce et j'avais besoin de me distraire. Rachida vivait aussi une passion compliquée de son côté. Je l'emmenais au théâtre, elle m'introduisait dans des soirées très sympas. De temps en temps, elle me donnait un coup de main*

1. *Une vie*, Simone Veil, Stock, 2007.

pour l'émission, notamment quand nous cherchions un expert dans le domaine de la justice. Elle n'aimait pas beaucoup lire mais les médias l'intéressaient déjà[1]. » À cette époque, elle quitte la province pour se rapprocher de la capitale, nommée au tribunal d'Évry en 1998 substitut du procureur de la République à la section financière. Écrivains, comédiens, hommes et femmes de télévision papillonnent autour de Frédéric Ferney alors au confluent de plusieurs univers culturels français. Et Rachida Dati, mutine et séductrice, butine, dans son sillage. Son ralliement à Nicolas Sarkozy ajouté à une nouvelle orientation sentimentale dans la vie de Frédéric Ferney altéreront cette relation. « *Elle était moins disponible,* se souvient-il. *Et puis, nos amis qui étaient plutôt de gauche n'ont pas forcément compris son entrée au cabinet de Sarko. Les dîners étaient plus tendus. Elle défendait tout ce que son ministre faisait en parfait petit soldat.* » Comme d'autres, le journaliste a vu s'éloigner sa pétillante partenaire à mesure que celle-ci se rapprochait du cœur du pouvoir. Quand Ferney a appris qu'il allait perdre son émission « Le bateau Livre » en mai 2008, il a appelé Belle-Amie pour l'en informer. « *Elle ne s'est pas montrée très à l'écoute,* dit-il. *Elle avait sans doute d'autres soucis en tête.* »

En ce début d'année 2003, cette simple conseillère technique à Beauvau tâte le terrain, décrypte les comportements et localise les failles avant de passer à la phase suivante de son plan. Dans son petit bureau au deuxième étage de l'aile droite du ministère, elle peut apprécier par la fenêtre les saynètes de sa nouvelle vie :

1. Propos recueillis par les auteurs.

une équipe en mouvement perpétuel qui tend vers un objectif, l'Élysée. Et elle en est ! Certes, elle ne fait pas encore partie du premier cercle, mais qu'importe, elle pointe son minois sur la photo de classe. De l'autre côté, elle aperçoit l'entrée du bâtiment officiel avec les appartements privés de « Monsieur le Ministre » – comme elle l'appelle alors tout le temps. Ces deux-là ne se connaissent pas bien, mais ils se sont instantanément trouvé quelques points communs : irascibles, instinctifs et toujours pressés. Nicolas Sarkozy en a marre, à son âge – presque cinquante ans à l'époque –, d'entendre des conseils de patience. Attendre pour Matignon où l'on a nommé un second couteau, Jean-Pierre Raffarin. Attendre pour lancer les réformes, urgentes à ses yeux. Eh bien tant pis, s'il n'est pas Premier ministre il sera le premier des ministres ! Cette impatience et cette rage de vaincre parlent à Rachida Dati qui, elle aussi, refuse d'être éternellement cantonnée dans l'antichambre du destin. Tout ce qu'elle a obtenu jusqu'à présent ne lui a pas été offert. Sa chance, elle l'a toujours provoquée. Alors, on ne change pas une méthode qui gagne. Elle tient en deux mots : culot et séduction. Seule différence avec « le patron », Nicolas Sarkozy est un bourreau de travail, pas elle. *« Il était impossible d'imposer à Rachida des tâches parfois contraignantes. Tout ce qui l'intéressait, c'était comment s'incruster »*, se souvient un membre du cabinet qui a vite cerné le personnage.

Autour d'elle, on joue « les surdoués à la présidentielle ». Les collaborateurs de Nicolas Sarkozy forment une tribu avec son propre langage, ses codes et un maître mot, métronome des journées, l'efficacité. Galvanisée par les succès de son ministre, la joyeuse bande ne compte ni ses heures ni ses week-ends. Les mousquetaires de Beauvau s'appellent Franck Louvrier, responsable de la presse, Frédéric Lefebvre, conseiller parlementaire, Brice Hortefeux, conseiller spécial puis ministre et, accessoirement, « porte-flingue ». Quelques élus comme Patrick Devedjian, Christian Estrosi, Alain Joyandet constituent le noyau dur des sarkozystes. Pour l'instant, ce sont eux que l'on voit à l'extérieur. Les autres, petites mains de la grande bataille, demeurent en coulisse. Marie-Hélène Debart est de celles-là. Sarkozy a découvert cette femme singulière, peu liante, dotée d'une grande puissance de travail. Ancienne énarque, rigoureuse, voire austère, elle est reconnue, en outre, comme une experte du dossier corse – elle est originaire de l'île de Beauté. Fervente adepte de la méritocratie républicaine, elle cravache depuis des années dans l'ombre de Nicolas Sarkozy. Arrivée à la fin des années quatre-vingt-dix à la mairie de Neuilly, elle l'a soutenu dans des moments difficiles. En 2002, le ministre de l'Intérieur la nomme auprès de Claude Guéant, directeur de cabinet, pour en faire l'une de ses plumes. Debart compte dans le dispositif du ministre même si elle est souvent en butte avec ses proches. Elle aime passer du temps, les samedi matin, dans le ministère désert afin de corriger au calme ses textes en compagnie de Claude Guéant qui fréquente lui aussi son bureau sept jours sur sept. À la recherche d'une clé pour pénétrer dans l'entourage cadenassé du premier flic de France, Rachida Dati remarque la présence régulière du tandem le week-end. Un samedi matin, en petite souris maligne, elle rend une visite-surprise à Marie-Hélène Debart et à Claude Guéant. Tout à trac, elle raconte sa vie, l'histoire de son père, de sa famille, sa dure jeunesse à Chalon, son « *horrible* » mariage avec un homme qu'elle n'a jamais aimé. Belle-Amie se livre sans tabou, presque sans pudeur. Elle émeut Marie-Hélène Debart par sa fragilité, sa candeur. Quant au sourcilleux préfet Guéant, est-il ébranlé lui aussi par le récit de cette jeune femme qui se bat pour s'extraire de sa condition? Un peu tout de même. « *Vous pourrez toujours vous en sortir mais elle, quand on sait d'où elle vient...* », répétera-t-il souvent par la suite aux visiteurs venant se plaindre dans son bureau des excès en tout genre de l'ambitieuse beurette. Il finira par accepter, en maugréant parfois, que Marie-Hélène Debart demeure la plume secrète de la conseillère « prévention ».

Modeste collaboratrice de Nicolas Sarkozy la journée, en 2003, Rachida Dati passe rarement ses soirées chez elle. Une fois franchies les grilles de la place Beauvau, une autre vie commence pour elle. Peu de gens le savent au ministère de l'Intérieur, mais Belle-Amie fait partie du Siècle, fameux club où la quintessence du pouvoir politique, économique et médiatique se retrouve pour dîner le dernier mercredi de chaque mois à l'Automobile Club, place de la Concorde à Paris. Fondé en 1944 par Georges Bérard-Quelin, un ancien dirigeant du parti radical et fondateur de la Société générale de presse, le Siècle comptait, en 2005, cinq cent quatre-vingts membres et cent soixante « invités » en attente de décision sur leur demande d'admission. Des politiques comme François Fillon ou Jean-Pierre Raffarin y ont leurs entrées ainsi que des barons du parti socialiste comme Lionel Jospin, Laurent Fabius et Dominique Strauss-Kahn. La quasi-totalité des grands patrons se presse aux dîners. D'ordinaire étanche, la classe dirigeante s'y mélange allègrement. Mais n'adhère pas qui veut. *« On ne choisit pas le Siècle, c'est lui qui vous choisit »*, souligne Étienne Lacour, secrétaire général de l'association[1]. Rachida Dati est admise en 2003, parrainée par Gérard Worms, de la Banque Rothschild. *« Elle s'accrochait aux jupes et aux vestons pour sortir de l'ornière. Nous, après le préfet musulman, on voulait continuer à faire de l'hybridation. Elle était épatante. Des années plus tard, quand Claude Guéant m'a parlé d'elle, il s'est rendu compte qu'elle connaissait déjà la moitié de Paris »*, raconte Gérard Worms[2]. Loin de l'image de biche effrayée qu'elle donne parfois au ministère de l'Intérieur, Rachida Dati est en fait une habituée des dîners en ville qui s'arrachent « cette fille si drôle », comme le soulignent tous ceux qui l'ont approchée. *« Elle bouscule les conventions avec sa gaieté dans un univers très compassé »*, reconnaît une amie de Rachida qui *« regrette de ne pas avoir le même talent pour plaire aux hommes comme aux femmes »*.

Place Beauvau, Rachida Dati prend ses marques. Claude Guéant lui confie une mission qui correspond à son tempérament : préparer les déplacements du ministre de l'Intérieur dans les quartiers sensibles où la pression monte de plusieurs crans. Nicolas Sarkozy se montre très sévère sur les événements organisés par ses conseillers et peut foudroyer un collaborateur en pleine réunion pour un détail. Du coup, Rachida Dati a si peur de mal faire qu'elle harcèle les autorités locales dès qu'il s'agit de rédiger une allocution ministérielle. Elle enrage qu'on ne lui communique jamais *« les bons*

---

1. *Stratégie*, 14 avril 2005.
2. *Le Nouvel Observateur*, juillet 2007.

chiffres », « les bonnes sources », les informations indispensables. La pression la met en insécurité. Les préfets n'en peuvent plus. Souvent, la bonne Marie-Hélène doit prendre le relais. Entre-temps, son aide ponctuelle est devenue un mode de fonctionnement. Plus question pour Rachida d'écrire, et Debart n'imagine même pas lui refuser quoi que ce soit. À la demande pressante de Belle-Amie, des dizaines de fiches sur les associations locales ou les données de la délinquance inspirent la plume du ministre de l'Intérieur qui doit intégrer à chaque fois les nouveaux éléments au discours jusqu'à une heure avancée de la nuit. Rachida Dati, elle, s'occupe du terrain. Elle prend contact avec les représentants des « assoces » dans les quartiers, identifie les porte-parole qui interpelleront Sarkozy sur place, devant les caméras, pour la fameuse séquence « huées-bousculade-contact ». Un moment toujours redouté par les gardes du corps, mais qui assure *« de belles images »*, selon l'expression préférée des sarkozystes.

Les pistes préventives que le ministre veut tracer dans les secteurs difficiles s'inspirent directement de l'exemple new-yorkais dit de la « tolérance zéro ». Il monte l'opération des « vingt et un quartiers » avec un plan de restauration mobilisant les préfets. Conformément à sa méthode, il annonce qu'il présentera ce plan lui-même dans les banlieues chaudes. Une tournée prévue dans toute la France qui, finalement, n'ira pas au-delà de deux étapes. Le scénario est mis au point par les équipes du ministre de l'Intérieur, Rachida Dati en tête. Le 13 février 2004, lors d'un déplacement de son ministre à Rillieux-la-Pape, dans la banlieue lyonnaise, le dialogue est *« franc, direct »* et très médiatisé entre les jeunes et Nicolas

Sarkozy. Comme à chaque fois, la conseillère a choisi ceux qui poseront les questions. Après avoir sèchement repoussé les remontrances du maire socialiste de la ville – *« Je ne suis pas venu pour faire un colloque de sociologie »* –, il lance les débats. Rachida Dati fait montre de son autorité naissante lorsque plusieurs jeunes veulent intervenir en même temps. L'un d'eux, manifestement sous l'emprise de substances illicites, se vante d'avoir frappé un policier municipal. *« On attend son tour avant de parler au ministre ! »* le rabroue-t-elle. *« Et si tu arrêtais de fumer, peut-être que tu trouverais du travail ! T'as vu tes yeux ? »* Tailleur strict, dossiers sous le bras, portable à la main, Rachida Dati parle leur langage, les tutoie. Elle fait les gros yeux ou plaisante avec eux, prend les numéros et les messages, promet de rappeler. Effet garanti. *« C'est drôle, m'dame, comment vous parlez, on dirait que vous nous connaissez bien ! »* Les habitants s'étonnent qu'une jeune femme issue de l'immigration soit aux côtés de Nicolas Sarkozy. Ce dernier se montre satisfait du déroulement du programme.

Quant à Rachida Dati, il la regarde différemment depuis un fait d'armes qui restera à jamais gravé dans sa mémoire. Au cours d'une visite dans un quartier, elle interpelle un jeune habitant. *« On se découvre devant monsieur le ministre »*, intime-t-elle d'un ton cassant, en faisant sauter sa casquette d'une tape sur la tête ! En présence de l'un des auteurs, à Rillieux-la-Pape, Nicolas Sarkozy évoque l'anecdote. *« Elle n'a peur de rien. J'aime travailler avec des caractères de sa trempe. Avec des personnes comme celle-là, on va au bout du monde. »* À Lyon, ce 13 février 2004, Rachida Dati décode le message : elle est admise en Sarkozie.

Du moins le croit-elle.

Le charme discret de la « beurgeoisie »

Dès ses premiers pas dans la vie sociale, Rachida Dati a décidé de jouer « solo ». Dans les années quatre-vingt où la célèbre petite main jaune était le signe de ralliement de milliers de jeunes issus de l'immigration, elle ne militait pas à SOS Racisme, mouvement proche de François Mitterrand et du parti socialiste. Pas plus qu'elle n'a approché l'association France Plus, appréciée de Charles Pasqua notamment, qui défendait une vision très républicaine de la représentation des « beurs » en France. Pour autant, elle n'a jamais oublié sa condition de fille d'immigrés. Son père, Mbark, maçon d'origine marocaine, sa mère Fatim-Zohra, née Delhoum en Algérie, sa famille nombreuse, sa cité miteuse, son mariage *« pour faire plaisir »*. Tous ces éléments structurants de sa biographie ont nourri son discours. En aidant Rachida Dati, certains se sont acheté une bonne conscience à vil prix. Pas d'action collective, donc, mais un usage personnel de la corde sensible de la diversité qui continue d'être un sujet polémique en France, à droite comme à gauche.

Début 2004, Rachida Dati se montre de plus en plus à son affaire au sein du cabinet de Nicolas Sarkozy. Se présente une opportunité qui va pourtant l'amener à s'engager pour la première fois au nom de ses racines.

Belle-Amie participe à la fondation d'une organisation baptisée XXIe Siècle. Le discours du petit noyau qui gamberge sur une idée de club réunissant des hommes et femmes issus de la diversité n'est pas fait pour lui déplaire. Pas de misérabilisme mais de l'élitisme, voire de l'entrisme, en tout cas une stratégie offensive pour *« valoriser cet atout formidable qu'est la diversité française, en promouvant l'égalité des chances, sans artifices ni passe-droits »*, comme le détailleront les statuts de l'association déposés cette année-là. Les personnalités qui composent ce groupe de travail se démarquent du profil type des dirigeants d'associations de banlieue au discours revendicatif. Hakim El-Karoui, normalien raffiné, est à l'époque la plume du Premier ministre, Jean-Pierre Raffarin ; Béchir Mana conseille le président de la République, Jacques Chirac ; Jeannette Boughrab donne des cours de droit à la Sorbonne tout en militant à l'UMP ; Bariza Khiari, sénatrice de Paris (PS), est censée assurer l'équilibre politique. En résumé, les fondateurs de cette nouvelle structure regroupant la crème des enfants de l'immigration maghrébine, d'Afrique sub-saharienne, mais aussi d'Asie – Chenva Tieu, chef d'entreprise et fils d'un armateur cambodgien figure parmi eux – sont déjà accomplis socialement. Rachida Dati les rejoint avec enthousiasme, d'autant que le nom choisi, XXIe Siècle, en évoque un autre dont elle est déjà membre depuis quelque temps. *« C'était un acte politique,* écrit-elle, *un acte d'amour pour la France. La réalité de ce pays est belle. Les Français sont ouverts et tolérants mais une petite frange de l'élite est plus fermée et conservatrice. Il s'agissait de convaincre cette petite frange qu'elle se trompait. On voulait faire acte de conviction et de pédagogie, créer un réseau d'influence pour faire évoluer les mentalités, prendre la parole ou argumenter. On appelle ça un travail idéologique*[1] *!* » Le concept est lâché : réseau d'influence. Tous les mois, lors de dîners organisés dans un restaurant libanais du Quartier latin, on donne la parole à un décideur de la sphère économique, politique ou médiatique. Défilent ainsi Claude Bébéar (Axa), l'un des principaux soutiens financiers du Club, Jean-Martin Folz (Peugeot), Serge Weinberg (PPR), Ernest-Antoine Seillière (Medef), Nicolas Sarkozy, Laurent Fabius, Alain Juppé, Franz-Olivier Giesbert, Jean-Pierre Elkabbach, etc. Rachida Dati, qui a souvent dû jouer des coudes pour approcher ces élites, se pare désormais des atours de l'hôtesse qui accueille et raccompagne ses invités, les présente aux membres, leur fait la conversation, distille avis et recommandations. C'est elle qui reçoit parmi les siens. Un soir, la personnalité devant laquelle le Club déroule le tapis rouge s'appelle Henri Proglio. Un grand patron du Cac 40 et un intime de Rachida Dati pour qui cette visite représente une forme de consécration. Un moment de grâce où sa vie privée rencontre son ascension sociale.

La démarche originale de XXIe Siècle commence à intéresser la presse. Les porte-parole du Club sont sollicités pour s'exprimer dans les médias. Cette exposition offre une nouvelle légitimité à Rachida Dati. Elle arrive à point nommé car l'équipe de Nicolas Sarkozy peine à la respecter. Son succès est tel que XXIe Siècle finit par devenir un enjeu politique. Au-delà des belles

---

1. *Je vous fais juges*, *op. cit.*

professions de foi et des discours généreux de ces jeunes gens aux dents longues, une guerre interne pour le pouvoir s'amorce.

Sur le terrain politique, la bataille des mots fait rage pour contrer les idées avancées par Nicolas Sarkozy, favorable au principe de discrimination positive. Il permettrait aux Français issus de l'immigration d'accéder aux filières d'élites. Le 26 janvier 2004, un rapport du Haut Conseil à l'intégration (HCI), dirigé par Blandine Kriegel – également conseillère de Jacques Chirac –, fait litière de cette méthode. Le HCI préfère parler *d'« action positive »* ou de *« mobilisation positive »*. Le rapport recommande la refonte de la politique d'intégration en France en évitant *« la logique collective de quotas »*. Quelques jours après l'affaire de la nomination du « préfet musulman » Aïssa Dermouche, la salve est dirigée contre le ministre de l'Intérieur. Il s'est à nouveau exprimé en faveur de la discrimination positive le 6 janvier 2004 devant les étudiants de l'Institut d'études politiques de Paris. Son discours a été rédigé par Hugues Moutouh, juriste et auteur d'une thèse sur la question. Moutouh travaille au côté de Claude Guéant et fait, comme Rachida Dati, partie de XXIe Siècle.

À mesure que se crispe la relation entre chiraquiens et sarkozystes au sommet de l'État, s'aiguise le conflit entre dignitaires de la « beurgeoisie ». D'un côté, Hakim El-Karoui, président du Club, se bat pour que sa création conserve une forme d'indépendance vis-à-vis des différents courants de la droite, dominante au sein de XXIe Siècle. Il est notamment épaulé par Hugues Moutouh. Dans le camp adverse, on retrouve Rachida Dati qui souhaite attirer le beau joujou dans l'orbite de son patron, Nicolas Sarkozy. L'enjeu est de taille. Le ministre de l'Intérieur cherche quelques points d'appui dans les milieux issus de l'immigration en vue de sa candidature pour l'Élysée. Or, les adhérents de XXIe Siècle qui se revendiquent comme d'authentiques républicains ne demandant pas l'assistance de la France sont assurément « sarko-compatibles ». Flanquée de son ami Morad Aït-Habouche, journaliste-producteur que l'on dit prêt à tout pour l'aider, Rachida Dati lance l'offensive. L'affrontement est terrible. « *Je me souviens d'un conseil d'administration épique,* témoigne une ancienne responsable de XXIe Siècle. *Sur ordre de Rachida, Morad Aït-Habouche provoque sur un mode viril Hakim El-Karoui. Ce genre de confrontation, ça n'est pas du tout sa tasse de thé. Heureusement que Hugues Moutouh était là pour s'interposer.* » Un autre acteur de cet épisode évoque des « *altercations verbales, voire musclées* ». Rachida Dati aurait demandé à certains membres de témoigner du « *racisme* » d'Hugues Moutouh – celui-ci n'est pas d'origine maghrébine… « *Elle répète tout le temps qu'untel ne l'aime pas parce qu'elle est arabe* », confie un ancien proche de Rachida Dati qui précise cependant : « *Mais quand elle est entourée de "Gaulois" comme on dit, elle se moque systématiquement des "Arabes qui restent toujours entre eux, ne savent pas se mélanger". Le double jeu, voire le triple jeu, c'est son truc.* »

Ainsi, Rachida Dati, qui ne s'était jamais investie dans l'aventure collective de l'intégration à la française, tente-t-elle un putsch après quelques mois d'adhésion à XXIe Siècle ! Las, le coup de force échoue. La majorité des membres du Club soutiennent Hakim El-Karoui qui défend une conception plus altruiste et moins politicienne. Claude Bébéar appelé à la rescousse ne défend pas Belle-Amie. Laquelle, voyant se profiler le spectre de l'exclusion, préfère démissionner. *« Elle poursuit désormais de sa vindicte tous ceux qui se sont mis en travers de sa route à l'époque »*, affirme un proche de Hakim El-Karoui.

Depuis qu'elle a essayé de s'imposer à la tête de la « beurgeoisie française » pour l'amener sur un plateau à son patron, Rachida Dati collectionne les inimitiés dans cette mouvance dont elle aurait pu devenir l'étendard éclatant. La plupart des gens qu'elle a croisés à cette époque sont convaincus d'avoir cerné sa véritable personnalité et, plus encore, d'avoir mesuré le peu de sincérité de son combat pour une meilleure représentation des minorités visibles dans la société. Il y a quelques années, une autre icône de la diversité, Rama Yade, a rejoint XXIe Siècle. La secrétaire d'État aux Affaires étrangères, que l'on compare souvent à Rachida Dati, est désormais la figure emblématique d'un Club qui continue de prospérer sans sa cofondatrice. Selon Chenva Tieu, les conférenciers potentiels se bousculent au portillon.

Dans ces réseaux, il n'y a pas que les cadres de XXIe Siècle qui boudent la garde des Sceaux. À SOS Racisme, on se souvient qu'au dîner des potes du 28 janvier 2008, Rachida Dati n'a pas patienté plus d'un quart d'heure. Juste le temps d'écouter Pierre Bergé surnommer son ennemi intime Brice Hortefeux, le ministre de l'Immigration, « Brice Croix-de-Feu » (*sic*) avant de s'éclipser pour retrouver ce même Brice à l'anniversaire-surprise de Nicolas Sarkozy, au domicile de Carla Bruni…

Les jeunes de l'association Bleu Blanc Rouge (BBR) de La Courneuve qu'elle a beaucoup sollicités, notamment au cours de la campagne présidentielle de 2007, ont eux aussi le sentiment d'avoir été manipulés. Le 13 décembre 2006, un colloque sur les banlieues et l'intégration se déroule au ministère de l'Intérieur. Il réunit des jeunes acteurs issus de quartiers difficiles, des dirigeants d'entreprise, des patrons de médias et des *people*. Depuis les polémiques liées aux déclarations de Nicolas Sarkozy sur les cités à *« nettoyer au Karcher »*, l'emploi du mot « racaille » pour désigner les délinquants en banlieue et les émeutes de 2005, le ministre de l'Intérieur évite les déplacements dans les zones sensibles alors qu'il avait promis d'y retourner régulièrement. Puisque Sarkozy ne va pas en banlieue, c'est la banlieue qui vient à lui lors de cette « cité de la réussite » façon Dati. Afin de donner un maximum de retentissement à cette opération, une association est créée pour ancrer la discrimination positive dans les cités. Pas facile de vanter les mérites de Sarkozy entre les barres de La Courneuve ou d'Argenteuil. Pourtant, quelques jeunes s'y risquent, sous la houlette de l'énergique conseillère du ministre. L'organisation des tables rondes et des travaux de clôture du colloque reposent largement sur les épaules de Marie-Hélène Debart. Belle-Amie, elle, se concentre sur les relations publiques avec les jeunes des BBR, les grands patrons et les stars comme le comédien Roschdy Zem.

Cette journée sous les lambris ministériels reste un souvenir amer pour plusieurs jeunes participants issus des quartiers. *« Au départ, on s'était dit: "on va se rassembler derrière Rachida". Mais au fur et à mesure que la campagne présidentielle avançait, elle a dû penser qu'on représentait un fardeau et elle s'est débarrassée de nous. Elle avait pris des engagements, mais il n'y a pas eu de suite »*, déplore l'un d'eux. Le jour de la présentation du plan banlieue à l'Élysée par Nicolas Sarkozy, Taymir Bungu, militant UMP à La Courneuve et proche des BBR, se présente devant Rachida Dati, désormais garde des Sceaux. « *Son changement de regard m'a impressionné. Dès qu'elle m'a vu, elle s'est éclipsée dans la seconde,* raconte-t-il. *"Je suis très occupée, je ne peux pas te voir maintenant*[1]*."* » Depuis son installation place Vendôme, Belle-Amie n'a guère donné signe de vie aux BBR. En octobre 2008, Malika Ben Larbi, ancienne conseillère au ministère de l'Intérieur entre 2005 et 2007, a organisé à Paris un grand colloque sur la culture et la langue arabes. Elle n'a pas demandé à la garde des Sceaux d'y prendre la parole. Cette jeune femme étiquetée ex-chiraquienne a, en revanche, réservé une place de choix à Rama Yade dans cette manifestation où était rassemblée toute l'intelligentsia arabisante de France.

Malika Ben Larbi a longtemps été perçue comme une rivale potentielle par Rachida Dati. Plus diplômée qu'elle, impliquée depuis longtemps dans le combat pour l'intégration et tout aussi séduisante physiquement – Belle-Amie remarque ce genre de détails –, cette militante a vu son ascension barrée par son ancienne collègue. Un membre du cabinet du ministre de l'Intérieur observait la guéguerre entre ces deux ambitieuses. « *Malika bossait dur, mais c'était Rachida qu'on remarquait,* dit-il. *Ses pitreries amusaient la galerie. En tête-à-tête, elle jouait Cosette avec ses drames personnels et dès qu'on se retrouvait en petit groupe, elle mettait l'ambiance. Quand il fallait organiser une*

---

1. Propos recueillis par les auteurs.

opération pour le ministre en banlieue, Malika rédigeait des notes, faisait le travail de fond. Mais en trois coups de fil, Rachida montait le financement. Elle savait exactement qui solliciter en fonction du lieu et de la thématique. Elle connaît par cœur les mécanismes qui permettent d'associer le secteur privé à l'action publique. Elle avait un culot et une autorité qui nous impressionnaient. »

Au cours de l'année 2006, Nicolas Sarkozy organise un déjeuner avec tous les ambassadeurs arabes en poste à Paris pour aborder les questions d'immigration et de l'islam en France. Un conseiller du cabinet révèle que « *Rachida Dati est allée voir un par un tous les diplomates avant le déjeuner pour leur demander de mettre sur la table la question de la nomination d'une personnalité d'origine arabe au gouvernement. Puis elle a imploré les conseillers diplomatiques d'écarter Malika Ben Larbi de la réunion. Tout s'est exactement déroulé comme Rachida l'avait souhaité : les ambassadeurs ont soulevé le problème entre la poire et le fromage. Sarko a entendu le message en présence de Dati. Elle était aux anges.* »

On pourrait penser que Rachida Dati, omnipotente ministre de la Justice, a effacé de sa mémoire Malika Ben Larbi qui mène une carrière discrète dans la préfectorale. Pas du tout. Lorsqu'elle dirigeait le cabinet du préfet à Bourges, la jeune femme a été contactée par la garde des Sceaux. « *Je viens chez toi,* lui a-t-elle dit, *je vais faire des annonces, ce sera bon pour toi.* » Lors du déjeuner qui a lieu sur place, elle appelle Malika Ben Larbi à la rejoindre, provoquant avec le sourire les élus présents, majoritairement de gauche : « *Faites une place à Malika à côté de moi, faites de la place à la diversité !* » Un élu local confie qu'il n'a pas apprécié la « leçon de morale » administrée ce jour-là. Perturbée par l'incident, Malika Ben Larbi s'isole avec son ex-amie pour une mise au point les yeux dans les yeux :

« *Rachida, pourquoi fais-tu autant de mal ? Maintenant tu as réussi...*

— *Je vais te dire la vérité. Toi, tu as quelque chose de très précieux dans ta vie, tu as trois enfants. Moi, je n'ai que mon ambition.* »

Les deux femmes se sont quittées sur cette note d'émotion et de sincérité. De bon augure pour la suite ? Quelques semaines plus tard, quand Malika Ben Larbi a été nommée sous-préfet à Paris, Rachida Dati a passé un coup de fil au secrétaire général du ministère de l'Intérieur pour tenter de bloquer sa promotion ! Cette fois, l'interventionnisme de Belle-Amie n'a pas payé. Malika Ben Larbi est en train de renouer avec l'action politique, soutenue par son ami Frédéric Lefebvre, influent et médiatique porte-parole de l'UMP. « *Son heure viendra* », dit-on au parti.

Autre beurette qui fut un temps la chouchoute de Nicolas Sarkozy, Jeannette Boughrab. Parrainée, entre autres, par Philippe Douste-Blazy lorsqu'il était le secrétaire général de l'UMP, cette universitaire au regard profond a su se rapprocher des sarkozystes lorsqu'ils sont partis à l'assaut de la forteresse juppéiste en 2005. « *Rachida l'a tuée comme une petite mouche,* dit un permanent de la rue La Boétie. *Comme avec beaucoup d'autres, elle l'a discréditée en faisant courir le bruit qu'elle courtisait Nicolas Sarkozy. C'est sa technique. Une intrigante hors pair...* » Jeannette Boughrab, investie aux législatives de juin 2007 dans le

XVIIIe arrondissement de Paris, une circonscription inaccessible pour la droite, a abandonné la politique, préférant aux cris et coups bas de la vie partisane les réunions feutrées du Conseil d'État.

On pourrait énumérer ainsi des dizaines de personnalités issues de l'immigration maghrébine déçues par Rachida Dati, une sorte de XXIe Siècle *bis* voué à la perte de Belle-Amie. « *Si encore elle avait aidé des jeunes "beurs" à percer, on lui pardonnerait tout ça,* assure Mohamed Mebtoul qui a été l'un de ses premiers gourous à Paris. *Mais même pas*[1]. » Producteur et animateur d'émissions sur l'islam à France Télévisions, cet homme jovial et cultivé a vu un beau jour de 1996 débarquer, sans rendez-vous, la jeune femme dans son bureau de la rue Jean-Goujon, dans le VIIIe arrondissement. Rachida Dati veut savoir s'il lui est possible d'obtenir des cassettes de ses émissions pour sa mère qui « *l'adore* ». « *Maman souffre d'un cancer,* lui explique-t-elle. *Parfois, elle rate votre émission ce qui l'attriste.* » Charmé par le personnage, ému par sa requête, Mohamed Mebtoul lui propose de s'asseoir et d'attendre qu'on lui enregistre le dernier numéro de *Mosaïque.* Belle-Amie ne gaspille pas ce temps précieux en compagnie d'un homme très influent au sein de la communauté musulmane de France et du parti socialiste – il a siégé au Bureau national. Elle ouvre sa boîte à malheurs. Le récit poignant de vérité produit son effet sur l'homme de médias qui se pique au jeu de la conversation bimensuelle. « *Pendant que nous copiions la cassette, elle me racontait ses envies, ses ambitions, ses frustrations,* dit-il. *Je l'ai vue évoluer, se libérer.* » Un

1. Propos recueillis par les auteurs.

jour, Rachida se livre « cash » : *« Ici, les Français, ils ne veulent que coucher avec les petites Maghrébines. Moi, je suis célibataire et libre. Alors, après tout, si je m'y retrouve... »*

Rachida Dati a souvent choqué ses interlocuteurs et plus encore ses copines avec ce discours de femme indépendante et sans tabou qui semble en contradiction avec les principes rigides enseignés par son père. *« De ce point de vue, elle est insaisissable,* reconnaît l'un de ses amis. *Je ne saurais pas vous dire quelle est son éthique personnelle. Elle semble à la fois influencée par son éducation traditionaliste et obsédée par l'idée de briser un carcan qui la bride. »* Rachida Dati a elle-même confié cette ambivalence à l'un des auteurs[1] : *« Parfois, je me retrouve dans des situations incroyables. Je suis au Maroc, dans la maison de mes parents. Il y a la famille, mes frères et sœurs, des cousines, des enfants. Ça crie, ça pleure. Je suis en train de faire le ménage et soudain, mon portable sonne. C'est Nicolas Sarkozy qui m'appelle pour me prévenir d'un projet auquel il veut m'associer. Il me parle de réunions, de préfets... Moi, j'ai peur qu'il entende ce brouhaha autour. »*

Autre illustration, ce jour de vacances marocaines de l'été 2008. La France est en émoi après le meurtre d'une enfant. Un journaliste du *Monde* joint Rachida Dati, garde des Sceaux, pour un entretien téléphonique. Mais dans la maison paternelle, il y a des mots interdits : pédophilie, viol, sexe... L'exercice de l'interview tourne à la conversation codée entre le journaliste et la ministre de la Justice obligée de répondre en

---

1. Conversation en 2005 avec Yves Derai.

creux, en raison de la présence de son père. *« C'est exactement ça », « Je suis d'accord avec vous ».* Un autre rendez-vous sera nécessaire. Une heure plus tard, assise par terre dans la cour de la maison familiale, Rachida Dati reprend sa conversation avec le journaliste. *« Je suis complètement écartelée entre deux cultures, deux vies parallèles. À Paris, j'ai des dîners mondains avec des hauts fonctionnaires, des artistes, des patrons. Au Maroc, je redeviens la petite Rachida qui s'occupe de tout le monde. »*

Profondément attachée à sa famille qu'elle continue d'aider en permanence, a-t-elle la disponibilité et la motivation pour s'occuper des siens au sens large, autrement dit de ces millions de personnes en France, enfants issus de l'immigration pour qui elle représente un modèle? Le constat de Mohamed Mebtoul est confirmé par l'indigence de ses résultats en la matière. Tant dans le monde associatif que dans la classe politique, on ne trouve personne pour défendre son bilan dans le domaine de l'intégration. Mais au fond, qui a dit qu'elle devait en avoir un? Sûrement pas elle, qui a toujours fui le sujet là où elle est passée. Surtout, ne pas *« jouer la beurette de service »*, comme Tokia Saïfi ou Azouz Bégag en leur temps, et finir dans les oubliettes de la République. De ces élites françaises dont elle stigmatise parfois la xénophobie, elle dit pourtant : *« Ils ne savent même pas à quel point je suis déjà dans leur système. Je fais partie d'eux, je connais leur fonctionnement. »*

Rachida Dati veut prouver par l'exemple qu'avec de la volonté et du culot, *tout le monde* peut s'en sortir. Mais *tout le monde* n'a pas le talent ni les atouts de Belle-Amie.

Belle-Amie fait son Bercy

Le ciel tombe sur la tête de Rachida Dati, ce 31 mars 2004 : Nicolas Sarkozy égrène la liste des conseillers qui l'accompagnent au ministère des Finances, et elle n'y figure pas.

Depuis quarante-huit heures, rien ne va plus dans l'équipe de la place Beauvau. Au lendemain des élections régionales, Jean-Pierre Raffarin reste chef du gouvernement et Jacques Chirac impose au ministre de l'Intérieur de quitter le quartier de l'Élysée et de s'exiler à l'autre bout de Paris, au ministère de l'Économie et des Finances. En vingt-trois mois, Nicolas Sarkozy a eu le temps d'élargir son champ d'action, passer de l'Intérieur aux affaires intérieures. Organisation du culte musulman, polémique avec les « droits-de-l'hommistes », mesures sur la double peine. Il a fait défiler dans son bureau des figures militantes comme le cinéaste Bertrand Tavernier ou l'artiste Guy Bedos. Les sondages lui donnent raison, l'opinion valide ses approches polémiques. Le débat public tourne autour de ses initiatives. Pour les sarkozystes, ce déménagement dans le XIIe arrondissement résonne comme un coup de tonnerre. Ils sont persuadés que la main de Chirac a tremblé au moment de nommer Nicolas Sarkozy à Matignon, une promotion pourtant souhaitée par sa fille Claude et son épouse Bernadette. Encore raté. *« C'est la base de la pensée de Chirac. Quand il ne veut pas les hommes, il cède sur les idées »*, maugrée Nicolas Sarkozy. L'homme de Neuilly n'a d'autre choix que de réunir son équipe pour annoncer le brusque changement de cap. Comme à son habitude, il convertit une contrainte en avantages. *« Je serai ministre des Finances comme j'ai été ministre de l'Intérieur. »* Il n'a pas encore quitté la place Beauvau que le voilà en train de dicter sa feuille de route pour Bercy ! *« Être là où on ne m'attend pas. »* Autour du patron, on retient son souffle. Beaucoup espèrent faire partie de l'aventure.

Première surprise, c'est Claude Guéant qui continuera à diriger le cabinet. Un préfet chez les inspecteurs des Finances, un crime de lèse-technostructure. Traditionnellement, c'est l'administration qui impose son directeur de cabinet au grand argentier de l'État. Onze ans après avoir été ministre du Budget, Nicolas Sarkozy retourne dans la citadelle financière avec la ferme intention de ne pas se laisser imposer sa politique par les hauts fonctionnaires. Depuis 2002, le cercle des sarkozystes s'est étoffé. Laurent Solly, un jeune et brillant sous-préfet, est chef de cabinet. D'autres conseillers techniques, des énarques, des normaliens ont été approchés par Claude Guéant et Emmanuelle Mignon pour réfléchir à un programme présidentiel. Dans l'ombre, les réseaux d'influence s'organisent autour de Pierre Charon et Frédéric Lefebvre. Franck Louvrier garde la main sur la communication. Cécilia Sarkozy, de plus en plus présente, réfléchit au *design* de la stature présidentielle de son mari. Rachida Dati n'a pas réussi à s'insérer parmi les proches de

Nicolas Sarkozy, mais elle s'est fait un peu mieux connaître. « *C'était la bonne copine qui fait rire et met de l'ambiance lorsqu'on bosse dur comme c'était le cas chez nous* », se souvient Chantal Jouanno, une ancienne plume du ministre de l'Intérieur[1].

Mais « *Rachida n'a pas la rigueur des énarques, elle n'a jamais su écrire une note ou un amendement. Tout le monde le savait, c'était une donnée* », complète un autre ancien de Beauvau. En outre, Cécilia, la vigie de son mari, se méfie de la jeune femme et de sa posture de Cendrillon des cités. « *Je ne la sens pas* », dit-elle souvent. En résumé, Rachida Dati qui a été quasiment imposée au cabinet grâce à ses relations n'a pas fait ses preuves. Pour l'instant, elle n'est pas sur la liste de Bercy. Mue par son instinct de survie, elle quitte la salle de réunion d'un bond et se précipite dans le bureau de Nicolas Sarkozy. Jouant son va-tout, Belle-Amie plaide sa cause, titille la corde sentimentale, le talon d'Achille du ministre qui ne supporte ni les conflits ni les pleurs. Après son entretien, Rachida envoie des émissaires auprès du ministre de l'Intérieur, parmi lesquels Patrick Devedjian. Le ministre délégué des Libertés locales fait ses cartons lui aussi pour Bercy, mais à l'Industrie. « *C'est un coup des sarkozystes historiques* », se lamente Rachida Dati. Bienveillant, Patrick Devedjian lui offre sa protection : « *Si Nicolas ne te prend pas, je t'emmène à l'Industrie. Ne t'inquiète pas.* » Rassérénée, elle n'est pas satisfaite pour autant.

L'espace de quelques heures, pour Rachida Dati, le temps s'est arrêté. Un seul objectif, rester au sein de l'équipe Sarkozy, sa vitrine légitime. Claude Guéant

---

1. Propos recueillis par les auteurs.

finit par lui annoncer que sa qualité d'ancien magistrat à la section financière du tribunal d'Évry peut justifier un poste de conseillère chargée des faillites des entreprises. Un peu tiré par les cheveux mais mieux que rien. Belle-Amie respire, le pire a été évité mais le coup est passé près. Elle tire de cet épisode une leçon lourde de conséquences pour la suite : il lui faut absolument consolider sa position au sein du premier cercle. Ce dernier s'est forgé une opinion tranchée sur le personnage. Rachida Dati est considérée comme une fille aux compétences restreintes qui ne se distingue pas par son abattage. Elle mise sur ses relations personnelles, nombreuses, pour se maintenir au cœur des lieux d'influence. La conquête du pouvoir version *Nous Deux*.

Mais les puissantes relations de Belle-Amie peuvent également se révéler source d'ennuis. C'est ainsi qu'elle se retrouve bientôt au centre d'une rumeur parisienne faisant état d'une liaison entre le ministre des Finances et elle. L'effet est immédiat, Cécilia sort ses griffes. En réalité, cette fausse information a été propagée par l'entourage proche de l'industriel Henri Proglio dont Rachida Dati s'est entichée. Cette relation entre ce grand patron du Cac 40 et la beurette de Chalon fait jaser le Tout-Paris. « *Ils se comprennent au quart de tour parce qu'ils viennent de loin,* estime un proche du couple. *Le matin, avant d'aller en cours, Henri et son frère déchargeaient des cageots sur le marché pour aider leurs parents d'origine italienne. Comme Rachida, il n'était pas programmé pour le gotha.* » Opposés à la relation passionnelle qu'entretient Henri Proglio avec Rachida Dati, quelques conseillers de l'industriel décident de la discréditer auprès de Cécilia dans le but d'éloigner Proglio de la jeune femme. « *C'est la raison pour laquelle nous n'avions pas de bonnes relations avec lui à Bercy* », décrypte un proche de Nicolas Sarkozy. L'épouse de ce dernier, qui occupe un bureau sans titre officiel, écarte Rachida Dati d'un déplacement ministériel en Algérie – le pays de sa mère – au motif de la « *déontologie* ». Dans la délégation accompagnant Nicolas Sarkozy, on compte de nombreux patrons du Cac 40 dont le PDG de Veolia...

Ce type d'incident retient toute l'attention de Belle-Amie qui n'est pas débordée au ministère des Finances. Au-delà de sa mission sur les faillites des entreprises, elle se consacre à ses objectifs personnels : se protéger, devenir incontournable, savonner la planche d'adversaires potentiels ou imaginaires. Pour mettre en œuvre sa stratégie, elle n'hésite pas à « soudoyer » les secrétaires des membres importants du cabinet, petites mains anonymes mais objet de toutes ses attentions. Elle leur offre des sous-vêtements de marque pour leur anniversaire, des chocolats Lenôtre à Pâques, des cadeaux pour leurs enfants à Noël. En retour, celles-ci lui ouvrent les agendas du ministre ou de son directeur de cabinet, ce qui permet parfois à Rachida Dati de s'immiscer dans certains rendez-vous où elle n'était pas prévue. Elle obtient aussi, par ce même canal, des notes de collaborateurs qui ne lui sont pas destinées et grâce auxquelles elle essaie de discréditer ceux qu'elle perçoit comme ses rivaux. Ce goût de l'intrigue et cette absence de scrupule font dire à une ancienne victime de Belle-Amie : « *Au fond, cette fille, je l'envie car elle possède des qualités que je n'ai pas et qui sont essentielles en politique. C'est une tueuse et une intrigante.* »

Nicolas Sarkozy ne s'intéresse pas, à l'époque, à sa collaboratrice et à ses petites embrouilles. Il redoute que Bercy ne le plonge dans un tourbillon de réunions et de sommets internationaux et que ce monstre froid ne devienne le tombeau de ses ambitions. Pour donner une visibilité à son action, il lance plusieurs chantiers, appliquant son pragmatisme au terrain économique. Celui que l'on taxe trop rapidement de libéral professe un colbertisme de bon aloi. Pour mieux se faire connaître du monde ouvrier, il dramatise le dossier Alstom et monte une scénographie qui fait de lui un « héros » de la cause industrielle lorsqu'il évite le démantèlement du groupe demandé par la Commission de Bruxelles. Sur un plan politique, il guerroie contre les chiraquiens qui tentent de l'empêcher de mettre la main sur l'UMP, sans tête depuis le départ d'Alain Juppé. Riche et puissant, le parti constitue un levier indispensable pour la campagne présidentielle. Jacques Chirac, le 14 juillet 2004, tape du poing sur la table. *« Je décide et il exécute »*, assène-t-il à la télévision, qualifiant les méthodes de Nicolas Sarkozy de *« politique avec un petit p »*. Mais ni les piques des chiraquiens ni les coups de menton du chef de l'État ne l'impressionnent.

Le ministre des Finances est finalement autorisé par Jacques Chirac à diriger l'UMP mais à la condition de quitter le gouvernement. En octobre 2004, sept mois après son arrivée à Bercy, il est donc une nouvelle fois contraint de réorganiser son équipe. Il utilise sa base arrière du conseil général des Hauts-de-Seine qu'il préside depuis le départ de Charles Pasqua pour répartir les troupes qui ne le suivront pas à l'UMP. Au cours d'une réunion à Neuilly, il distribue les portefeuilles.

Sarkozy souhaite que Rachida Dati s'occupe des questions d'immigration et de la ville au conseil général. Elle refuse. « *Elle craignait d'être marquée par son origine* », se souvient un des participants à cette réunion. La veille de son arrivée à Nanterre, fin novembre 2004, elle intervient auprès du directeur général des services pour le convaincre de la nommer à la direction des affaires juridiques. « *Elle voulait valider son expertise dans ce domaine* », analyse une fonctionnaire du conseil général qui l'a bien connue.

Une fois de plus, le forcing de Belle-Amie se révèle payant. Le directeur général des services écarte la personne prévue pour le poste et le confie à Rachida Dati le jour même de l'installation de l'équipe dans les bâtiments désincarnés de Nanterre. Conscient d'assurer une succession compliquée après les années Pasqua marquées par de nombreuses affaires politico-financières, Nicolas Sarkozy demande de « *nettoyer le terrain* ». Claude Guéant et Chantal Jouanno s'attèlent donc à déminer. Au fur et à mesure de leur audit, les découvertes sont étonnantes. Il y a, par exemple, pléthore de postes de représentants permanents à l'étranger du conseil général des Hauts-de-Seine. Rachida Dati cherche, de son côté, à caractériser son implantation. Elle a disposé sur une bibliothèque, bien en vue derrière elle, tous ses codes de procédure. « *Je suis magistrat* », rappelle-t-elle aux visiteurs qui s'étonnent de son affectation. La jeune femme prend une initiative de rupture dès son arrivée : elle confie la gestion de quelques lourds dossiers à des cabinets d'avocats parisiens réputés, tel le cabinet August & Debouzy, proche d'Henri Proglio. « *Cette pratique nous avait semblé très moderne. À la réflexion, étant donné l'importance de certaines affaires à traiter, il était normal d'externaliser* », reconnaît un fonctionnaire en poste à Nanterre. Pour Rachida Dati, les cabinets d'avocats représentent une aubaine. Outre qu'elle étoffe son réseau en accordant des budgets à des amis d'amis, ils se chargent de l'essentiel du travail et lui permettent de dégager du temps. Elle s'accorde de longs moments de détente avec son amie, la comédienne Isabelle Adjani. Elle lui présente d'ailleurs Nicolas Sarkozy, quelque peu bluffé par l'entregent de Belle-Amie. « *En rentrant au bureau, elle nous faisait rêver en nous racontant les péripéties amoureuses d'Adjani avec son* boy-friend *de l'époque, un chirurgien qui soignait les stars. Ils se confiaient à elle et elle, elle balançait tout à tout le monde. Après la séparation du couple, elle s'est rapprochée du chirurgien...* »

Affolé par l'inflation des honoraires d'avocats, le directeur général des services demandera plus tard à Rachida Dati de réduire les contrats. « *Elle faisait sauter la banque !* », affirme un fonctionnaire du conseil général qui suivait le manège d'un œil amusé. Contrainte à une présence accrue à Nanterre, la directrice des affaires juridiques se promène dans les couloirs, recueillant les confidences de ses collègues. « *Et le soir, vers 19 h 30,* assure ce même témoin, *quand il n'y avait plus personne, elle se rendait dans le bureau de Claude Guéant pour tout lui répéter.* »

« *Et maintenant, la parole est à Rachida Dati !* » Ce 12 mai 2005, sa carrière connaît une soudaine accélération. Elle s'expose pour la première fois sous les feux des projecteurs. Rachida Dati s'avance sur la scène du Palais des Sports de Paris, annoncée dans un déluge de décibels et de musique plus proche de la cérémonie de remise des Oscars que de la réunion politique. Son cœur bat la chamade. Morte de trac, elle est acclamée par une foule de jeunes militants UMP en délire. Au cœur de la campagne pour le référendum sur la Constitution européenne, le parti majoritaire déploie les grands moyens. Avec un défilé de patrons incarnant la réussite française et européenne, parmi lesquels Arnaud Lagardère et Stéphane Courbit, à l'époque président d'Endemol France, des grands témoins comme Simone Veil, des jeunes talents tels que Nathalie Kosciusko-Morizet, et une partie du gouvernement, Nicolas Sarkozy frappe fort. La campagne de l'UMP sera une répétition générale de sa candidature à l'élection présidentielle. Pour la première fois, Rachida Dati fait partie du « casting ».

Organisatrice de l'événement, conseillée par Christophe Lambert, alors numéro trois du groupe Publicis, Cécilia a demandé à cette Française d'origine maghrébine de prendre la parole au cours du meeting et de faire vibrer la salle sur le sens de son engagement en politique. Rachida Dati endosse le rôle de modèle d'une discrimination positive version Sarko, même si elle tremble littéralement à l'idée de monter sur une scène. Christophe Lambert, qui n'est pas un spécialiste de l'organisation d'événements de cette nature, a appelé à la rescousse Richard Attias, président de Publicis Events Worldwide, notamment pour la mise en scène du meeting. Le séduisant homme d'affaires doit donc seconder Cécilia Sarkozy. Aspect délicat de leur mission, coacher l'inexpérimentée Rachida. Attias et Cécilia lui font répéter son texte à de multiples reprises, soulignent les endroits où elle doit baisser la voix ou, au contraire, élever le ton. Cécilia, très investie dans sa mission de directrice artistique, passe ses journées au Palais des Sports avec un casque sur les oreilles et un talkie-walkie à la main. Elle a déserté depuis plusieurs jours les couloirs de l'UMP où elle occupe la fonction de chef de cabinet.

Le jour J, Rachida Dati domine son appréhension. Sa prestation est appréciée par Nicolas Sarkozy. Toute l'équipe termine la soirée dans une boîte de nuit parisienne. Rachida semble absente. Elle passe son temps à envoyer des SMS et à lire ceux qu'elle reçoit. À la même heure, une émission diffusée sur Paris Première et présentée par Ariane Massenet, « Petites confidences entre amis », a pour invitée Cécilia Sarkozy. Déstabilisée, mal à l'aise, elle est bouleversée par un message vidéo d'une de ses filles qui lui conseille de suivre sa voie et son destin. Son mari lui recommande de ne pas avoir peur, de lui faire confiance. Elle, ne cache pas ses craintes à l'idée de devenir un jour *first lady*. Psychodrame politico-familial devant les caméras. Trois jours plus tard, Cécilia Sarkozy s'envole pour Pétra, en Jordanie. Elle rejoint Richard Attias. Le coup de foudre court-circuite toute la Sarkozie et fait exploser l'armature du premier cercle. Les conseillers deviennent des confidents et des soutiens personnels pour le président de l'UMP. Désemparé, celui-ci sollicite Rachida Dati pour convaincre son épouse de revenir.

À partir de ce moment, Belle-Amie s'installe au cœur du dispositif. Elle envoie des dizaines de SMS chaque jour à Cécilia, la suppliant de rentrer. *« Le bureau est vide sans vous. Vous nous manquez... »* Mais elle ne limite pas son action à cette mission de bons offices. Rachida Dati en profite pour s'attirer les bonnes grâces du patron. Au nom de l'urgence de la situation, la voilà désormais en lien direct et permanent, à n'importe quelle heure du jour et de la nuit, avec un Nicolas Sarkozy affaibli sur un plan personnel. À cette époque, les proches de Cécilia ont le sentiment que « *Nicolas instrumentalise Rachida pour communiquer avec Cécilia* ». En réalité, Belle-Amie joue et gagne sur les deux tableaux : elle devient l'intime du président de l'UMP en lui relayant les SMS de son épouse, et elle fait la conquête d'une Cécilia troublée par les marques d'affection de cette fille généreuse dont elle s'était méfiée jusqu'alors. « *Je ne sais pas si on se reverra un jour, mais vous êtes une personne merveilleuse* », lui écrit Cécilia. Rachida est passée des lettres de motivation aux longs textos au style emphatique qui perpétuent la tradition de la correspondance intime. Aux premières loges d'une conquête pour le pouvoir suprême et d'une tempête sentimentale, Belle-Amie se taille une position à la mesure de son talent pour l'intrigue.

Le 1er juin 2005, Dominique de Villepin est nommé Premier ministre et Nicolas Sarkozy retourne, à la surprise générale, au ministère de l'Intérieur. Cette fois, il bénéficie de l'inconstance de Jacques Chirac qu'il a souvent brocardée. Il peut reprendre son portefeuille ministériel tout en gardant la présidence de l'UMP. Une double casquette que Chirac lui avait interdite un an plus tôt. Après le fiasco du référendum sur la Constitution européenne, le rapport de forces s'est inversé. Désormais, c'est Sarkozy qui décide et Chirac qui exécute ! Convaincu d'être la cible d'un cabinet noir voué à sa perte et prêt à exploiter jusqu'à ses déboires conjugaux, Nicolas Sarkozy se réjouit devant ses proches :

« Je vais devenir le patron de ceux qui font des enquêtes sur moi. Il y en a certains qui doivent mal dormir. »

Pas Belle-Amie en tout cas qui, cette fois, est assurée de le suivre dans cette nouvelle aventure.

Le cabinet et le boudoir

« Beauvau 2 » démarre sur les chapeaux de roues. Le 19 juin 2005, jour de la fête des pères, un petit garçon est abattu dans la cité des 4000, à La Courneuve, victime d'une balle perdue lors d'un règlement de comptes en plein jour. L'émotion est immense. Nicolas Sarkozy se rend sur place et rencontre la famille endeuillée, à huis clos. Une journaliste du *Monde*, arrivée avant lui, assiste à l'entretien et restitue les propos du ministre de l'Intérieur qui reprend à son compte les termes prononcés par les habitants éplorés. *« Promettez-nous de nettoyer la cité au Karcher. »* La controverse se répand comme une traînée de poudre dans les cités. Nicolas Sarkozy se rengorge : le débat s'articule à nouveau autour de sa personne sur le terrain de la sécurité. Un signal envoyé à la frange la plus droitière d'un électorat populaire en vue de sa candidature pour 2007. Il se met en tête de faire passer une loi majeure à ses yeux sur la prévention, malgré l'opposition des chiraquiens. Rachida Dati, promue conseillère juridique du cabinet, parvient à convaincre Nicolas Sarkozy qu'il est important de faire voter un texte sur la délinquance des mineurs. D'autant plus nécessaire que le garde des Sceaux, Pascal Clément, travaille de son côté à une loi sur la protection de la jeunesse. Dati propose à Sarkozy de fomenter « *un putsch législatif* » sur ce terrain. Il faut phagocyter le texte de Clément. L'opération semble à la portée du ministre de l'Intérieur, le cabinet du garde des Sceaux étant truffé de proches de Nicolas Sarkozy. Il confie la mission à sa conseillère.

Belle-Amie coordonne les réunions interministérielles, place Vendôme. Des moments de combat contre les fonctionnaires de la Justice impressionnés par sa vindicte à leur égard. Un responsable de l'administration de la protection de la jeunesse évoque avec l'un des auteurs cette période tendue. « *Dès les premières réunions interministérielles, on a senti une forte agressivité de la part de Dati. Sur la réforme de l'ordonnance de 1945 afférente à la protection des mineurs et sur l'ensemble du texte, elle fait très vite passer le message que l'Intérieur pilotera le dossier sans qu'on ait notre mot à dire. Nous avons immédiatement alerté le garde des Sceaux du fait que nous n'étions pas dans une relation habituelle sur ce texte. Puis on s'aperçoit qu'elle ne produit rien et qu'elle ne rend pas les projets d'arbitrage. On réalise qu'elle faisait faire le boulot par quelqu'un d'autre pour ensuite nous le recracher. Elle se comportait déjà comme un ministre alors qu'elle n'était qu'une conseillère de cabinet. Elle plaçait les réunions le soir et s'arrangeait pour les faire durer au-delà du seuil psychologique de trois heures. À vingt-deux heures, il est beaucoup plus difficile de négocier à cause de la fatigue. C'était très dur, ça se terminait souvent par des insultes entre elle et nous.* » Le scénario de Dati est bien ficelé. Devant le constat de blocage, l'arbitrage des ministres est sollicité. Et généralement, Pascal Clément rend les armes face à Nicolas Sarkozy.

Lorsqu'elle deviendra garde des Sceaux au printemps 2007, Rachida Dati réglera ses comptes avec quelques-uns des magistrats qui l'ont enquiquinée lorsqu'elle était conseillère au ministère de l'Intérieur.

Malgré l'importance des enjeux, Belle-Amie reste concentrée sur la situation du couple Sarkozy. Elle se rapproche des « Sarko boys » afin de récolter le maximum de renseignements sur les agissements du ministre de l'Intérieur. Elle les transmet ensuite à Cécilia qui, bien qu'absente de Paris, peut ainsi continuer à suivre au plus près le petit théâtre de la place Beauvau. Après un été au cours duquel la situation personnelle du ministre ne s'est pas améliorée, il réunit son équipe et forge devant elle le thème de la *« rupture »*, mot-valise de sa candidature et, finalement, de sa propre histoire. Face aux militants à La Baule, il subit l'offensive de Dominique de Villepin qui progresse dans les sondages. À la tribune, le patron de l'UMP évoque pour la première fois ses ennuis personnels et avertit ses adversaires à droite : *« Rien, vraiment rien, personne, vraiment personne ne m'empêchera d'atteindre le but que je me suis fixé*[1]. » Pour meubler ses soirées, les dîners s'enchaînent. Artistes, écrivains, sportifs défilent au ministère de l'Intérieur, curieux d'approcher ce personnage hors du commun. Sur le terrain médiatique, il poursuit sa stratégie de la provocation. Fin octobre 2005, sur la dalle d'Argenteuil, il rebondit sur l'interpellation d'une habitante : *« Vous aussi, vous en avez marre de cette racaille, hein ? Eh bien, on va vous en débarrasser ! »* Les banlieues s'embrasent après la mort de deux jeunes garçons à Clichy-sous-Bois,

1. Le 3 septembre 2005, université d'été de l'UMP, La Baule.

électrocutés dans un transformateur EDF alors qu'ils fuyaient des policiers.

Dans le même temps, Rachida Dati rend compte de la nouvelle vie de Nicolas à son amie Cécilia. Le ministre s'affiche avec une jolie journaliste. Il se dit que c'est l'un des membres du cabinet qui lui a présenté la jeune femme. Parallèlement, Belle-Amie s'interroge sur son avenir. Elle n'a aucune envie de redevenir magistrate, elle sait qu'elle n'est pas assez gradée. Pas question non plus d'intégrer une entreprise du Cac 40 comme le lui suggèrent certains de ses amis. En fait, elle vise « un vrai poste » en politique, le seul univers qui lui permette, pense-t-elle, de déployer ses talents. À cette fin, elle fréquente quotidiennement la *« war room »* de la place Beauvau, le bureau du chef de cabinet Laurent Solly. C'est là que les « Sarko boys » se retrouvent tous les matins après la réunion d'actualité autour du ministre à laquelle Rachida n'est pas conviée. *« Oh, pardon, je crois que je n'ai pas à être là »*, dit-elle en refermant la porte et en s'installant tout de même dans la pièce. Autour du café, elle écoute, alimente les conversations souvent peu amènes sur l'épouse fugueuse, glane les informations confidentielles, grave dans sa mémoire les commentaires. De retour dans son bureau, elle transmet les infos à Cécilia Sarkozy, de l'autre côté de l'Atlantique, en dramatisant parfois le propos. Un chantier quotidien pour construire son avenir.

Le retour de l'épouse blessée auprès de son mari, au printemps 2006, offre l'occasion à Belle-Amie d'étendre son emprise sur le cabinet en devenant la dame de compagnie de Cécilia. Plusieurs membres éminents de l'équipe assistent, soufflés, à cette complicité spectaculaire. Dans une propriété du conseil général à Châtenay-Malabry, surnommée « la datcha » par les habitués, Nicolas Sarkozy fête le retour de sa femme. La plupart des conseillers sont conviés à saluer Cécilia, tout juste rentrée d'un séjour de huit mois aux États-Unis. Rachida Dati virevolte autour de l'invitée d'honneur du déjeuner qui semble ravie de sa présence. En ce début d'été 2006, Cécilia reprend sa place au côté de son époux pour la campagne présidentielle. Pour l'heure, il lui faut endurer le supplice des retrouvailles avec les compagnons de route de Nicolas Sarkozy. Elle soupçonne nombre d'entre eux d'avoir incité son mari à l'oublier et à refaire sa vie. En perte de confiance depuis son *come-back*, elle se raccroche à Belle-Amie. Elle, au moins, ne l'a jamais laissée tomber. Le temps des récompenses pour services rendus viendra. Durant la réception de Châtenay-Malabry, Rachida Dati susurre ses appréciations à l'oreille de Cécilia quand elle s'approche d'un convive : *« pas crédible »*, *« a trahi »*, *« à tester »*. Elle devient officiellement l'*alter ego* de Cécilia, à la stupeur des « Sarko boys » qui comprennent leur erreur d'appréciation. *« Cécilia est-elle à l'époque dupe du jeu de Rachida ? Je ne crois pas, mais elle trouve en elle une alliée objective pour asseoir son autorité après son retour place Beauvau »*, estime une proche de l'épouse de Nicolas Sarkozy.

À la moindre occasion, Rachida Dati se précipite en pleurs dans le bureau de son amie Cécilia pour se plaindre des mauvais traitements que lui infligent « les garçons ». Oubliées, les soirées endiablées dans les restaurants ou au Baron, la boîte de nuit branchée du VIIIe arrondissement. Place Beauvau, les masques tombent, l'ambiance se plombe. Atterrissage forcé pour Air Force Sarko. Cécilia le décrète solennellement : *« Personne ne touche à un cheveu »* de Rachida Dati ni de David Martinon, le conseiller diplomatique. *« Il ne s'agit pas de gagner des élections législatives mais l'Élysée. Il va falloir faire de la place à des personnalités qui ne sont pas des compagnons de route »*, explique Nicolas Sarkozy à ses troupes.

À la rentrée 2006, Cécilia s'empare du concept et le transforme en arme fatale. La stratégie de conquête se confond avec le désir de revanche. Les conseillers de Nicolas Sarkozy comprennent que l'heure de l'offensive contre eux a sonné. Désormais, Belle-Amie ne possède plus seulement un pouvoir d'influence mais aussi une capacité de nuisance. C'est ainsi qu'elle décide de régler ses comptes avec son rival de XXIe Siècle, Hugues Moutouh, devenu entre-temps l'un des collaborateurs favoris de Claude Guéant. Aux dires d'un sarkozyste « historique », l'attitude de Rachida Dati ne s'explique pas seulement par la rancune liée à l'affaire du Club. *« Elle était jalouse de Moutouh car quand Guéant lui demandait un topo au pied levé sur un point de droit, il l'avait sur son bureau un quart d'heure après. »* Au lendemain de la victoire de Nicolas Sarkozy, le juriste ne tardera pas à apprendre qu'une réconciliation avec la nouvelle garde des Sceaux est inenvisageable. *« Vous avez une ennemie mortelle au gouvernement,* lui confie la ministre de la Santé, Roselyne Bachelot. *Elle dit les pires horreurs sur vous ! »* Hugues Moutouh atterrira finalement au cabinet de Bernard Laporte, secrétaire d'État aux Sports. Pas vraiment le job dont rêvait ce surdiplômé qui se serait mieux vu à la chancellerie.

Place Beauvau, les cadres sont en ébullition. *« Je n'ai quand même pas consacré ma vie à passer des concours et l'ENA pour me faire éjecter par une courtisane qui ne comprend rien à rien »*, explose l'un d'eux. Le bureau de Claude Guéant est régulièrement envahi par les conseillers victimes des agissements de Rachida Dati. Hugues Moutouh, Cédric Goubet et les autres collaborateurs se rebiffent. L'un d'eux exige une confrontation après des propos que la conseillère aurait tenus sur sa vie privée. Un autre fait défiler des dizaines de témoins qui vont tous dans le même sens : *« Rachida nous rend la vie impossible. »* Guéant a saisi le problème mais il n'a aucune solution hormis la diplomatie. Toutes les tentatives de conciliation échouent. La tension interne liée au conflit entre les « pro » et les « anti »-Cécilia alourdit considérablement l'atmosphère. Pour couper court aux rumeurs de *« mauvaise ambiance chez les Sarkozy »*, une photo de franche camaraderie autour d'un bon repas est montée pour *Paris Match* qui étale en double page l'envie de conquête de l'équipe Sarko et les sourires de façade. Mais personne n'est dupe. *« On consacre quatre-vingts pour cent du temps à s'étriper »*, confie à l'époque, désolé, un proche de Nicolas Sarkozy.

Dès qu'elle se retrouve en petit comité, Belle-Amie se lâche sur les « Sarko boys ». *« Tous des enfoirés. »* Elle promet même : *« Je leur ferai la peau à tous, un par un. »* Le plus étonnant, c'est que Cécilia n'échappe pas non plus à la vindicte de Rachida quand elle aperçoit par la fenêtre de son bureau l'épouse du ministre de l'Intérieur revenir de ses séances de shopping. Souvent, ce sont ses gardes du corps qui portent ses paquets. *« Ah, elle est belle la République,* s'emporte-t-elle. *Cécilia est une parvenue qui n'est bonne qu'à faire des courses! Ils méritent de perdre, ça leur fera les pieds!* » Dans le même temps, reine du double jeu, elle devient le clone de Cécilia, intègre son clan de « copines », Mathilde Agostinelli, directrice de la communication de Prada, Agnès Cromback, présidente de Tiffany France... Elle s'habille comme elles, sort beaucoup et s'émeut des « on-dit » sur sa vie amoureuse. Le dimanche, elle se poste au ministère, en quête d'une invitation à passer la soirée chez les Sarkozy, dans les appartements privés. Belle-Amie a intuitivement compris que Cécilia ne tient pas à rester seule avec son époux. Elle se rend donc disponible pour dîner. Pendant toute cette période, le texte de loi sur la prévention est façonné par les services du ministère sans que Rachida Dati, conseillère officiellement en charge du dossier, ne s'y plonge vraiment. Lors des réunions interministérielles à Matignon, elle montre les dents face aux équipes de Dominique de Villepin qui n'ont de cesse de rogner les ailes de cette loi. Parfois, elle se perd dans des sorties aberrantes qui provoquent des sueurs froides en interne. « *On n'arrivait même pas à savoir si le texte contenait des mesures liberticides, c'était une prise de risque inacceptable pour le ministre* », se souvient un proche du dossier.

La discussion du projet de loi à l'Assemblée, du 24 novembre au 1er décembre 2006, tourne au cauchemar pour Rachida Dati qui n'arrive pas à satisfaire les multiples demandes de Nicolas Sarkozy en séance. Dans ces moments-là, tout va très vite. Assis au banc du gouvernement, le ministre de l'Intérieur transmet des questions en tendant la main par-derrière comme un coureur de relais et attend la réponse avant d'en soulever une autre. Sur un sujet aussi chaud, les remarques fusent de toute part et le ministre s'attend en permanence à être alimenté en notes et chiffres. Rachida Dati est dépassée. Claude Guéant décrète la mobilisation générale chez les autres conseillers, jugés plus compétents dans les domaines juridiques. « *Elle ne travaillait pas, c'était une donnée avec laquelle nous devions composer* », estime un membre de l'équipe qui ne compte pourtant pas parmi ses rivaux. D'autres, moins indulgents, n'acceptent pas la mansuétude dont elle bénéficie. Un jour, alors qu'elle intègre en retard une réunion après un déjeuner prolongé avec un chef d'entreprise, un proche de Nicolas Sarkozy balance, assez fort pour être entendu : « *On lui demande de s'occuper des quartiers mais c'est aux beaux quartiers qu'on aurait dû l'affecter.* » Une charge en manière de prémonition puisque Rachida Dati sera investie dans le VIIe arrondissement de Paris aux municipales de 2008.

Qu'importent ces critiques, l'essentiel pour Belle-Amie est de se faire adouber par l'élite. Le 23 février 2006, elle accompagne le ministre de l'Intérieur à Lyon. Une table ronde sur la situation économique dans les quartiers sensibles rassemble, devant les acteurs locaux, le ministre et Jacques Attali, venu vanter les bienfaits du micro-crédit pour les entrepreneurs. Une boucle se referme pour Rachida Dati. Attali est un ami. Il l'a recrutée à Londres durant une année lorsqu'il dirigeait la Banque européenne de reconstruction et de développement (Berd). Les deux hommes, eux aussi, se connaissent bien et s'apprécient. Ils habitent Neuilly, leurs enfants se fréquentent. Dans un salon, Attali et Sarkozy échangent un souvenir commun.

Un jour, à l'Élysée, Jacques Attali reçoit un mot d'un jeune avocat qui demande à le voir pour lui expliquer pourquoi il sera élu président de la République! Intrigué, le sherpa de François Mitterrand accueille dans son bureau un certain Nicolas Sarkozy qui entre ainsi pour la première fois au Château du faubourg Saint-Honoré. Un an avant le lancement de la course pour la présidentielle, Sarkozy s'amuse à l'évocation de cette anecdote: « *Je te fais une promesse: si je gagne, tu seras le premier que j'inviterai à l'Élysée!* » Entre deux plaisanteries, les deux hommes font l'éloge de Rachida Dati. « *Elle abat un travail considérable. Pour une fois qu'un magistrat est sympathique!* », s'exclame Sarkozy. Belle-Amie écoute la conversation, les yeux baissés. Ces paroles tombent sur elle comme de l'eau bénite, elle reçoit l'onction des puissants.

Dans son bureau au ministère de l'Intérieur, Rachida Dati pérore. « *En ce moment,* dit-elle dans les dîners parisiens, *je reçois beaucoup de coups de fil de ministres qui me demandent si je connais d'autres personnes possédant le même profil que moi. Je leur réponds: qu'est-ce que vous entendez exactement par "profil"? Magistrat ou Arabe?* » Le retour de Cécilia place Beauvau change la donne. L'épouse vengeresse du ministre a des projets pour celle qui ne l'a pas oubliée pendant son absence et qui sait l'attendrir avec son histoire douloureuse. Dans l'équipe, les couteaux sont tirés. Cécilia et Claude Guéant imposent une campagne pilotée à l'extérieur de l'UMP. Les candidats se bousculent pour les principaux postes. Valérie Pécresse et Nadine Morano, qui ne ménagent pas leurs efforts, se verraient bien en porte-parole. Frédéric Lefebvre, lui, s'imagine en directeur de campagne.

Le 10 octobre 2006, Nicolas Sarkozy reçoit Xavier Bertrand. Il veut le nommer porte-parole de campagne au côté de Rachida Dati que Bertrand ne connaît pas. Sarkozy dit au ministre de la Santé et des Solidarités : *« Il faut que tu voies Cécilia. »* Cette dernière le rencontre quelques jours plus tard et le soumet à une sorte d'entretien d'embauche dont elle rend compte à son mari. *« Ce Xavier Bertrand a un profil rond, provincial et rassurant. Avec Rachida, "le symbole de la nouvelle France", ils formeront un duo parfait. »* La beurette de Chalon-sur-Saône et l'assureur de Châlons-sur-Marne... Bertrand, toujours prudent, se renseigne sur Dati. Il apprend qu'elle est la protégée absolue du couple. De son côté, Belle-Amie figure montante en Sarkozie, est enfin admise à la réunion politique qui se tient tous les dimanches soir place Beauvau.

Le 2 décembre 2006, Bertrand, juppéo-chiraquien, annonce son ralliement à Nicolas Sarkozy, *« au nom de la cohérence et de la transparence*[1] *»*. L'Élysée, prévenu la veille, reste sans voix. Le lendemain, lors d'une réunion avec son état-major, Nicolas Sarkozy annonce que Rachida Dati et Xavier Bertrand seront les deux porte-parole du candidat. Il ajoute que Claude Guéant, le directeur de cabinet du ministre de l'Intérieur, dirigera la campagne. Dans le clan Sarkozy, on en reste coi. Brice Hortefeux, en particulier, prend très mal la nouvelle. À double titre. Le plus ancien sarkozyste de France considère Bertrand comme un opportuniste, un ouvrier de la vingt-cinquième heure et n'apprécie guère son style « premier de la classe ». Quant à Rachida Dati, il juge tout simplement qu'elle n'est pas

1. *Le Figaro*, 2 décembre 2006.

au niveau : « *On sait très bien comment elle a progressé, de piston en piston. De ce point de vue, c'est une grande pro. Mais pour le reste, c'est le vide absolu.* » Tout le monde ne partage cependant pas cet avis chez les « Sarko boys ». « *Rachida a été une excellente conseillère juridique au ministère de l'Intérieur, elle possède une grande technicité dans ce domaine* », affirme Franck Louvrier, un des plus fidèles collaborateurs de Nicolas Sarkozy. Hortefeux intervient plusieurs fois auprès du candidat qui clôt le débat sèchement. Aucune concession n'est possible. Le message est reçu cinq sur cinq. La patronne de la campagne s'appelle Cécilia, qui a constitué l'organigramme du QG de la rue d'Enghien. David Martinon, à qui un rôle clé est promis en cas de victoire, sera quant à lui le chef de cabinet. Pour marquer le coup, Rachida Dati interpelle un proche du candidat qu'elle ne porte pas dans son cœur : « *Vous avez compris ? Maintenant que Nicolas a dit que je suis le porte-parole, on ne fait plus comme avant. J'assiste désormais à toutes les réunions.* »

Le lendemain, lors d'une visite d'usine à Mâcon, Rachida Dati se confie à l'un des auteurs : « *Ça y est, il m'a nommée porte-parole hier soir. Ça va être très dur. Le ministre l'a dit devant l'équipe. Personne ne m'a félicitée. Je flippe mais j'y arriverai. J'ai très envie de le faire mais je ne sais pas comment m'y prendre. Il va falloir que j'en parle à Claude Guéant*[1]. » Submergée par les émotions, elle n'a ni le temps ni la disponibilité d'esprit pour réfléchir calmement à sa stratégie. Ce jour-là, dans sa région et dans les allées de l'usine Areva, elle présente son père Mbark, l'ancien ouvrier

1. Conversation avec Michaël Darmon.

maçon, à Nicolas Sarkozy. Le candidat s'attarde quelques minutes en sa compagnie. « *Votre fille, avec moi, elle aura un grand avenir* », promet-il. Combattante aguerrie pourtant rompue à la cruauté des guerres intestines, Belle-Amie a du mal à retenir ses larmes.

Le 14 janvier 2007, porte de Versailles, Nicolas Sarkozy est officiellement candidat pour l'UMP à l'élection présidentielle. En se décrivant, dans son discours, comme un « *Français de sang mêlé* », il envoie un message à l'ensemble de la société française. Au-delà de son parcours personnel, la diversité des origines doit être prise en compte. Et quel meilleur symbole que Rachida Dati, porte-parole de la campagne, pour incarner cette vision? Le 15 janvier, elle se lève à l'aube pour un dernier « mediatraining » avant de se rendre dans les studios d'Europe 1. Jean-Pierre Elkabbach la reçoit en exclusivité. Elle accorde sa première interview ès qualités à un média national. Avant le début de l'entretien, Belle-Amie tremble de tous ses membres, implore Marie-Hélène Debart qui l'accompagne de la rassurer. En quinze minutes, le grand public découvre le parcours de la « *petite Rachida de Chalon* » devenue « *grâce à son opiniâtreté et à son travail* » magistrate puis conseillère de Nicolas Sarkozy. Jouant sur toute la gamme de la « belle histoire » dont elle maîtrise absolument la dramaturgie, Rachida Dati interprète un rôle oscillant entre l'humilité contenue, une ambition raisonnée et la reconnaissance éperdue envers ses bienfaiteurs: Albin Chalandon, Simone Veil, Jacques Attali, Jean-Luc Lagardère... Son roman se décline sur des centaines d'articles et de reportages. À chaque fois que ses origines sont évoquées, elle prend l'air outré et demande à être jugée à l'aune de ses performances professionnelles. Toute tentative de la réduire à sa condition se solde par une diatribe contre les élites fermées aux « Rachida » et aux « Mohamed ».

La sarkozette inconditionnelle, parangon de la réussite et du labeur, enchaîne les interviews du matin au soir et devient un des *must* de la campagne. Dès son arrivée au QG de campagne, rue d'Enghien, elle plante son décor. Dans son bureau, au premier étage, elle place sur une étagère derrière elle, comme lors de son arrivée au conseil général des Hauts-de-Seine, les volumes du Code de procédure pénal. Ensuite, elle fait mettre à sa disposition une des voitures appartenant au parc automobile du QG. Puis elle cherche à se constituer une équipe pour affiner ses argumentaires. Avant le début de la campagne, elle avait insisté auprès de Marie-Hélène Debart pour qu'elle la seconde, comme elle le fait depuis des années. Là, Rachida Dati choisit de l'écarter. Elle n'a plus besoin d'elle. Claude Guéant conseille d'ailleurs à Debart de ne pas s'accrocher : *« Je ne veux plus que vous restiez son employée. Faites autre chose. »*

À partir de ce moment, la relation se dégrade entre Rachida Dati et son ex-« collaboratrice ». Échanges de textos, de mails. Escamotage des discours stockés dans l'ordinateur de Debart. Laquelle, péjorativement surnommée « Saint Bernard » par ses collègues, est désorientée. Elle s'ouvre à Cécilia dans une lettre restée sans réponse. Désormais, on l'évite, on se détourne sur son passage dans les coursives du QG. Assassinée sans état d'âme par Belle-Amie qui l'accuse de propager des rumeurs sur la vie privée du candidat. *« Rachida a commencé par éliminer celle qui connaît tout d'elle, qui a observé ses failles au microscope »*, analyse un ancien de la campagne. Le système Dati se met en action dès lors qu'une étape est franchie : il élimine les témoins de l'époque passée.

Côté cour, sa campagne ne ressemble pas exactement à ce qu'elle raconte sur les plateaux. Au QG, à l'étage de son bureau, *« c'est l'émeute permanente »*, selon une secrétaire présente du matin au soir. Entre les discussions vives avec des membres de sa famille au téléphone, ses histoires privées et la préparation de ses interviews et débats, le climat est en permanence orageux et les éclats de voix nombreux. Autour de la porte-parole, plusieurs personnes triment, dont deux inspecteurs des Finances qui souffrent le martyre : argumentaires à reprendre inlassablement, fiches pas assez claires, Rachida Dati insulte son entourage pour la moindre broutille. Dans les premiers temps, une collaboratrice de Patrick Devedjian, Marie-Célie Guillaume, l'accompagne systématiquement dans ses émissions pour la soutenir. Puis Guillaume Bazaille, l'un des attachés de presse de la campagne, lui est affecté.

Pour Belle-Amie, Bazaille est corvéable à merci, convoqué parfois à six heures du matin afin de lui préparer une revue de presse avant un entretien. Presque trois mois à vivre avec Rachida Dati et son stress. *« Ce garçon a mérité cinq Légions d'honneur tant elle l'a fait souffrir. Le plus admirable, c'est qu'il n'a pas craqué »*, estime un ancien membre du QG. En 2007, à la veille des élections municipales, Guillaume Bazaille, intégré au service de presse de l'Élysée, écrira une lettre de motivation à Rachida Dati pour lui demander une place éligible sur la liste parisienne du VIIe arrondissement. S'inspirant de la méthode épistolaire de la garde des Sceaux qui, jadis, avait sollicité l'aide de protecteurs, le jeune homme demande un coup de pouce. Sa requête restera sans réponse[1].

La concurrence avec Xavier Bertrand, l'autre porte-parole, est insupportable à Rachida Dati. Elle n'accepte pas qu'en pleine réunion Nicolas Sarkozy s'adresse à Bertrand en particulier. Surtout quand c'est pour le féliciter de sa prestation lors d'une émission de la veille. *« Je vais l'exploser. C'est Naf-Naf au pays des communicants. C'est qui ce mec ? »*, enrage Belle-Amie. Un jour, devant son équipe, elle s'emporte en apprenant une modification d'horaire du point presse des deux porte-parole. Retenu au ministère, Xavier Bertrand fait savoir qu'il arrivera quelques minutes avant. *« C'est ça, j'ai compris, Xavier veut me planter comme d'habitude ! Il s'arrange pour qu'on ne prépare pas ensemble le point presse ! »* Sentant Rachida Dati au bord de la crise de nerfs, un collaborateur décide de provoquer un clash avant l'arrivée de Bertrand, de manière à le préserver. Le stratagème fonctionne. La porte-parole pique une colère homérique. Les insultes pleuvent sur le conseiller devant plusieurs témoins.

« Tu n'es qu'une c… molle ! hurle-t-elle.

— *Ah bon ? Et comment le sais-tu ? »*, répond, imperturbable, son interlocuteur.

Après l'orage, Rachida Dati finit par se calmer. Bertrand, prévenu de l'état dans lequel se trouve son homologue, débarque, tout sourire. Le point presse se déroulera comme convenu. *« Elle a tellement peu*

---

1. En décembre 2008, Guillaume Bazaille a été nommé directeur de la communication et conseiller spécial auprès de Bernard Accoyer, président de l'Assemblée nationale.

confiance en elle dès qu'il s'agit de parler d'un contenu qu'elle ne se contrôle plus sous l'effet de la peur », tempère un permanent du QG.

Son appréhension vis-à-vis de la plupart des membres de l'équipe de campagne l'amène à tout rejeter en bloc. Elle refuse, évidemment, de s'inspirer des notes du juriste Hugues Moutouh, qu'elle considère dorénavant comme un ennemi irréductible. « *C'est Moutouh qui a écrit ça, je reconnais son style, je n'en veux pas* », hurle-t-elle dans son bureau. L'une des petites fourmis de la rue d'Enghien raconte : « *On lui expliquait : "C'est ce qu'il faut dire sur la réforme des institutions, tu t'en fous de savoir qui l'a écrit !" Elle répondait : "Non, pas question ! De Moutouh, rien !"* » Le *staff* du candidat s'arrache les cheveux. « *On passait des heures à lui expliquer les notions de base sur des sujets de politique publique. On partait de tellement loin... Elle apprenait ses fiches par cœur. À chaque apparition à la télévision, elle répétait que la gauche n'allait jamais dans les quartiers alors que Sarkozy y est allé cinq cents fois ! En réalité, on a fait une quinzaine de déplacements en banlieue, lorsque nous étions au ministère de l'Intérieur, mais heureusement, personne ne le lui faisait remarquer* », souligne un pilier du QG.

Nicolas Sarkozy a réussi à dissimuler les tensions au sein de son *staff* durant toute la campagne, le public ne voyant que les dissensions entre les éléphants socialistes et Ségolène Royal. Les divisions sarkozystes se matérialisent par la concurrence des réunions du matin. Tandis que Claude Guéant convoque à 8 h 30 au QG, Brice Hortefeux tient, à peu près à la même heure, un briefing quotidien dans son bureau, au ministère des Collectivités locales, ou à l'UMP. Belle-Amie, à l'insu de Claude Guéant, s'arrange pour assister aux deux réunions, quitte à arriver en retard à celle du QG. Quand les dysfonctionnements deviendront trop pénalisants, Nicolas Sarkozy piquera une grosse colère et ordonnera la dissolution du groupe dissident conduit par Hortefeux.

Rachida Dati, comme à l'accoutumée, colle aux basques du patron. Elle essaie de s'immiscer dans ses déjeuners et s'inquiète lorsqu'elle le voit partir sans elle avec les filles de Cécilia pour un repas dominical. Elle surveille comme le lait sur le feu l'évolution de la relation entre Nicolas Sarkozy et son épouse, l'alpha et l'oméga de la campagne. Cécilia, dont l'absence est omniprésente, se tient au courant des moindres faits et gestes des lieutenants de Sarkozy grâce à Belle-Amie qui lui dresse des portraits apocalyptiques de chacun, tout en envoyant à ceux qu'elle arraisonne de longs textos d'amitié. Les conflits internes à l'UMP susciteront cette réflexion savoureuse de la part de Jérôme Peyrat, l'un des responsables de la campagne : *« Malgré tous nos efforts, nous devrions finir par gagner. »*

Toi la « sœur » que je n'ai jamais eue

Au lendemain de la victoire de Nicolas Sarkozy à l'élection présidentielle, Belle-Amie ne quitte plus le chef de l'État et la première dame. Elle lance parfois à la *first lady*, les yeux mouillés d'admiration: « *Tu te rends compte de la chance que tu as? Tu es l'épouse du président et il est fou de toi! Essaie d'être gentille avec lui.* » En adepte du billard à trois bandes, Belle-Amie recueille aussi les confidences de Cécilia lorsque celle-ci évoque la détérioration de son couple, en énumérant les raisons: l'usure naturelle du temps, la première cassure de 2005, les rumeurs de liaisons du chef de l'État qu'on lui susurre sur le ton du secret et, encore et toujours, la nostalgie de cette vie loin des projecteurs avec Richard Attias, de l'autre côté de l'Atlantique. Lorsque Cécilia cherche une oreille attentive, c'est souvent celle de Rachida qui se tend. Instinctivement, Belle-Amie réalise que la première dame n'a pas envie d'être raisonnée. Dans ces moments-là, mieux vaut lui dire ce qu'elle a envie d'entendre; surtout pas de sermon. « *Ton histoire avec Richard était extraordinaire. Vous devez vivre ce bonheur pleinement* », dit Rachida Dati à Cécilia. Durant cette période, le dirigeant d'une filiale de Publicis partage la vie d'une actrice française de renom. Selon un témoin de ces coups de fil surprenants, « *Rachida Dati appelle aussi Richard Attias pour qu'il accepte de reprendre avec Cécilia* ». « *Tu es l'homme de sa vie. Je ne veux que votre bonheur* », lui serine-t-elle. Ses mots vont droit au cœur du businessman marocain. Le sel de la Méditerranée? Le miel de la terre natale?

En tout cas, pour Nicolas, Cécilia et... Richard, Rachida Dati semble une alliée indéfectible.

Cette position avantageuse place Belle-Amie au centre de la géographie du pouvoir. Au sortir d'une campagne où elle a crevé l'écran, complément médiatique du très « pro » – mais très lisse – Xavier Bertrand, elle est associée à toutes les réflexions du couple présidentiel sur la formation du gouvernement. Rachida et Cécilia se rejoignent dans le mépris des « sarkozystes historiques ». Pour eux, Dati est la « sarkozyste hystérique ».

Le camp de Cécilia a gagné la lutte interne de la campagne. La purge est lancée[1].

Le 8 mai, Rachida Dati reçoit un message par l'intermédiaire de la secrétaire de Claude Guéant: « *Vous devez prendre vos affaires et rejoindre les locaux de la rue Saint-Dominique.* » La République met à la disposition du président élu un hôtel particulier dépendant des services du Premier ministre. Ironie de l'histoire, Azouz Begag, pittoresque ministre délégué à la Promotion de l'égalité des chances dans le gouvernement Villepin et antisarkozyste notoire, occupait ces lieux. À quelques pas de l'Assemblée nationale et du ministère

1. Lire *Ruptures*, Michaël Darmon et Yves Derai, Éditions du Moment, 2007.

de la Défense, Nicolas Sarkozy prépare sa prise de fonction à l'Élysée. Première étape, la formation de son cabinet. Au sein de son équipe, pour certains, les jeux sont faits. Les « historiques » sont écartés par Cécilia et ses deux « protégés », David Martinon et Rachida Dati, assurés de jouer un rôle visible. Néanmoins, Belle-Amie manque d'informations. Elle sent qu'une étape importante de son destin est en train de se jouer sans qu'elle puisse intervenir. Devant les médias qui la pourchassent à la moindre de ses sorties, elle esquive la question cent fois posée : *« Je ne sais pas ce que je vais faire, je suis là avec mes cartons, on attend. »*

À l'intérieur, la situation n'est pas différente. Il y a peu de bureaux disponibles hormis celui dévolu au président élu, à son épouse et aux proches collaborateurs. Rachida Dati, dubitative malgré ses protections, décide de faire profil bas. Pour négocier ce tournant sensible, elle endosse le costume de la modeste petite main. Belle-Amie se joint aux secrétaires qui trient les papiers et collent les enveloppes : *« Les filles, je vais vous aider. Comme je ne sais pas ce que je vais devenir et que je n'ai rien à faire... »* Rachida a tissé avec le temps un solide réseau chez les assistantes qui gèrent des données stratégiques dans les agendas. Durant la campagne, elle a mené contre le trésorier Éric Woerth une bataille pour le remboursement des notes de frais de taxis pour les secrétaires du QG. Celles-ci lui en ont été reconnaissantes.

Pour Cécilia Sarkozy, qui se laisse une dernière chance d'accepter son destin élyséen, l'heure des comptes a sonné. Secondée par Rachida qui « karchérise » devant elle les « Sarko boys », elle s'implique dans la formation des équipes. À cette époque, Cécilia et

Nicolas Sarkozy ne vivent plus vraiment ensemble. La première dame demeure dans un appartement loué à Neuilly où son mari n'a finalement jamais habité. Lui s'est installé en partie à La Lanterne, la résidence de week-end dévolue dans le passé au Premier ministre et que le président a annexée dès son arrivée à l'Élysée. Cécilia consent à l'y rejoindre régulièrement. Dans cette belle bâtisse située à quelques encablures du château de Versailles ont lieu des concertations politiques auxquelles Rachida Dati, parfois, assiste. Cécilia multiplie les propositions. Certaines sont retenues, d'autres pas. Elle arrache, par exemple, le porte-parolat de la présidence pour son protégé, le jeune diplomate David Martinon. En revanche, elle est retoquée lorsqu'elle suggère le nom de l'ancien footballeur de l'équipe de France, Jean Tigana, pour le secrétariat d'État aux Sports, réservé à Bernard Laporte. Parfois, le président ne lui donne qu'à moitié raison. Cécilia demande que Christine Lagarde soit nommée à l'Économie et aux Finances, Nicolas cantonnera – dans le premier gouvernement Fillon – l'ancienne avocate d'affaires à l'Agriculture. Elle supplie son mari de ne pas prendre Brice Hortefeux au gouvernement. Après deux longues heures de tergiversations, il lui refusera la tête de son lieutenant de toujours. De toute manière, le 7 mai, il a rassuré son compagnon de route : *« Tu viendras au gouvernement »*, laissant entendre du même coup qu'il ne pourrait pas en faire autant pour ses deux autres proches, Christian Estrosi et Patrick Devedjian. Toutefois, Brice Hortefeux devra faire ses classes avec un portefeuille très inférieur à ses espérances, le fameux maroquin de l'Identité nationale et de l'Immigration. Pas vraiment le cadeau qu'on offre à celui qui vous a consacré toute son énergie pendant tant et tant d'années. Ministre de l'Immigration, Brice Hortefeux, devient au début du quinquennat Sarkozy « Maréchal du Pire ». *« Je n'en ai pas dormi de la nuit quand il m'a nommé à ce poste »*, se souvient l'intéressé. Maigre consolation, le chef de l'État le remontera, *in extremis*, à la cinquième place dans l'ordre protocolaire du gouvernement, juste devant Belle-Amie.

Justement, il y a le cas Rachida, celle que Cécilia a intégrée, *de facto*, dans le cercle intime. *« C'est plus qu'une amie, c'est ma sœur. Je ne la lâcherai jamais. Je connais tout d'elle. Elle est de la race des seigneurs*[1]. *»* Belle-Amie s'imaginerait bien à la Justice. Une magistrate à la Justice : imparable. Pendant la campagne, elle l'avait confié à plusieurs proches, provoquant le ricanement de certains au QG. D'autres riaient moins et se disaient persuadés que cette « chipie » allait, une fois de plus, parvenir à ses fins. Pour vendre cette idée folle à son époux prêt à beaucoup de sacrifices pour la garder, Cécilia argue que confier à Rachida une mission peu ou prou liée à l'Intégration ne serait pas original et ne ferait pas avancer d'un iota la société française. Le vrai geste fort serait, selon elle, de lui proposer un job en rapport avec son cursus, pas ses origines. C'est également le sens de la conversation du président élu avec Fadela Amara, la fondatrice de l'association Ni putes ni soumises. Contactée par Nicolas Sarkozy pour entrer au gouvernement, Fadela Amara, dans un premier temps, refuse la proposition. Sarkozy lui annonce alors qu'il compte nommer Rachida. *« Dans ce cas-là, n'en faites pas une secrétaire d'État*

1. *Le Nouvel Observateur*, juillet 2007.

marionnette comme l'ont fait tous vos prédécesseurs, lui conseille la militante réputée pour son franc-parler. *Donnez-lui un gros ministère, ça serait une rupture.* »

Rachida Dati ou comment, pour Nicolas Sarkozy, joindre l'utile à l'urgent. Marquer la société française et faire plaisir à son épouse. Le président élu est tenté par l'audace. Le risque n'est pas mince. Cette brindille d'énergie qui l'a rejoint il y a moins de cinq ans, non élue et dont les compétences ne sont pas avérées, se montrera-t-elle à la hauteur? En même temps, les derniers gardes des Sceaux de l'ère Chirac, Dominique Perben et Pascal Clément, n'ont pas laissé un souvenir impérissable. À ce stade de la réflexion du président, un homme qui surgit souvent là où on ne l'attend pas va apporter à l'option Dati un soutien important. L'influent conseiller Alain Minc souffle à Nicolas Sarkozy que pour faire avaler aux magistrats une réforme de la Justice aussi dure, la « beurette de Chalon » serait parfaite. *« Ils ne pourront pas l'attaquer sans être soupçonnés de racisme »*, anticipe cet intellectuel qui a pourtant, un jour, stigmatisé le communautarisme dans un essai intitulé *Épître à nos nouveaux maîtres*[1].

Rue Saint-Dominique, l'atmosphère est effervescente. Les réunions et les visites s'enchaînent. Élus, hauts fonctionnaires, conseillers défilent dans le bureau du boss. Dans une pièce attenante, Belle-Amie et Cécilia complotent souvent. Un jour, Nicolas Sarkozy s'invite dans leurs conciliabules. Rachida Dati n'est pas au mieux de sa forme. *« Alors,* lance Nicolas Sarkozy, *tu vas être garde des Sceaux et tu fais la tête? »* Interloquée, l'ex-porte-parole ne réalise

1. Grasset, 2003.

pas tout de suite. « *Ben oui, tu seras ministre de la Justice.* » L'émotion submerge Rachida Dati qui ne retient pas ses sanglots. Tremblante, elle évoque sa vie, ses parents, ses origines. Nicolas Sarkozy, lui, a déjà refermé la porte. Après un long soliloque, Cécilia secoue son amie : « *Rachida, maintenant, tu arrêtes de pleurer ! Tu sais bien que Nicolas ne supporte pas les femmes qui pleurent.* »

« *Sur proposition du Premier ministre, le président de la République a nommé...* » Le 18 mai 2007, Claude Guéant, nouveau secrétaire général de l'Élysée, prononce les phrases de circonstance. Sur le perron de l'Élysée, la liste du premier gouvernement Fillon annonce un changement d'ère.

« *Ministre de la Justice, garde des Sceaux : Mme Rachida Dati.* »

Émoi au pays des robes rouges et des cols d'hermine. « *La rumeur courait depuis la fin de la campagne dans les milieux de l'administration judiciaire* », raconte un haut fonctionnaire encore en poste place Vendôme. Ceux qui avaient eu maille à partir avec elle quand elle était conseillère à l'Intérieur ont compris qu'ils pouvaient faire leurs cartons.

Pour l'heure, Rachida Dati est à mille lieues de ces considérations. Au terme d'une longue marche, elle inscrit son nom dans une fresque française dédiée à la conquête de la puissance. Parrainée par Albin Chalandon et Simone Veil, poussée par Cécilia Sarkozy, légitimée par Alain Minc, Belle-Amie s'apprête à poser ses valises place Vendôme.

Prend-elle le temps de savourer l'instant ? Grisée par son accession au sommet, elle ne saisit pas à quel point l'air s'y raréfie. Depuis son irruption sur la scène politique, les journalistes pensent pour elle, lui expliquent sa vie, sa rage, ses dons, son ambition, ses angoisses, sa volonté, son feu sacré, sa séduction. Le regard de velours mais une poigne de fer. Et surtout, une « sarkodépendante ». Rachida Dati est perçue à la fois comme exemplaire et singulière. En ce mois de mai, la comédie française des pouvoirs accueille une nouvelle sociétaire en la personne de Belle-Amie.

Une journaliste, toutefois, garde la tête froide. Le jour de son entrée officielle au ministère de la Justice, Catherine Nay croise Rachida Dati dans une salle de maquillage d'une grande chaîne de télévision. L'éditorialiste d'Europe 1 est une intime d'Albin Chalandon depuis de nombreuses années et a connu Belle-Amie à ses débuts dans la capitale, quand elle tapait aux portes du Tout-Paris. Elle sait tout ce que Chalandon a fait pour les études et la carrière de « la petite Rachida ». Catherine Nay n'est pas dupe du personnage mais nuance toujours son propos en public. Discrètement, elle prévient la novice : *« C'est bien, te voilà ministre... Tu as bien avancé. Mais n'oublie pas ceux qui t'ont faite. Attention à ne pas négliger Albin. »*

Message reçu cinq sur cinq. La journaliste parle en connaissance de cause : Rachida Dati n'a pas invité Albin Chalandon – celui dont elle dit qu'il *« l'a fait naître socialement »* – à la cérémonie de passation de pouvoir ! À peine sortie du studio, Belle-Amie se précipite sur son téléphone pour s'assurer qu'Albin Chalandon sera bien à ses côtés quelques heures plus tard. Jouant le symbole à fond, elle arrive avec lui au ministère. Il l'amène jusqu'à la porte de l'hôtel de Bourvallais et pose devant les photographes. Pour le rituel républicain, il s'agit d'une passation de pouvoir entre

Pascal Clément, l'ex-garde des Sceaux, et son successeur. Rachida met en scène un passage de témoin avec Chalandon lourd de signification et de souvenirs. Costume bleu pétrole, la mise impeccable, ce grand séducteur se souvient de la jeune femme brune qui l'avait ébloui, il y a bien des années, dans sa robe turquoise, au milieu des tenues grises. Il tente parfois de réécrire l'histoire en réfutant avoir courtisé *« la petite Rachida »*. Pourtant, c'est bien à son invitation qu'elle revient de sa province, quelques jours plus tard, pour déjeuner au ministère. Personne n'est prévenu. Son arrivée à l'hôtel de Bourvallais provoque un début de panique au secrétariat du ministre. Pierre Bousquet de Florian, chef de cabinet, tombera aussi sous le charme sans toutefois perdre ses réflexes. Il aidera Belle-Amie à s'intégrer parmi les proches du garde des Sceaux, après avoir ordonné une enquête discrète sur les antécédents de la jeune femme. Tout au long de ces années, Albin Chalandon n'a jamais douté des qualités de sa protégée. Même lorsque cette dernière défraiera la chronique *people* en posant pour des couturiers, il lui trouvera des excuses : *« Elle est tellement contente d'être là où elle est. Et puis, de toute manière, elle n'écoute personne. »* Loin des propos officiels sur Rachida Dati qui dîne régulièrement chez son mentor – signe qu'elle lui est restée proche –, Chalandon a admis, en privé, durant l'automne 2008 que sa détermination pouvait la conduire à *« écraser tout le monde »*. Ajoutant sur un ton mi-sérieux, mi-ironique : *« Même moi ! »* Désormais, c'est l'élève qui reçoit le maître dans l'immense bureau du garde des Sceaux.

Ministre de la Justice, Rachida Dati ne connaît aucun état de grâce.

Première décision et première crispation, le choix de son directeur de cabinet. Elle aimerait prendre à ses côtés Laurent Le Mesle. Ancien conseiller juridique du président Chirac entre 2002 et 2004 puis directeur de cabinet du garde des Sceaux, Dominique Perben, conservé ensuite par son successeur, Pascal Clément, il occupe depuis septembre 2006 le poste de procureur général de la cour d'appel de Paris. Une nomination qui provoqua en son temps l'indignation de la gauche, Le Mesle ayant, dans cette fonction, le pouvoir d'enterrer le dossier des HLM de la Ville de Paris dans lequel Jacques Chirac est personnellement impliqué. C'est cette proximité avec l'ancien chef de l'État qui l'empêchera de revenir place Vendôme. Le conseiller Justice de Nicolas Sarkozy, Patrick Ouart, balladurien à la rancune tenace, refuse catégoriquement le *come-back* de Le Mesle. Ce magistrat de haut vol qui a tourné le dos à un poste extrêmement bien rémunéré dans le privé pour épauler son ami Nicolas Sarkozy sait très précisément qui il veut placer auprès de Rachida Dati : Michel Dobkine, ex-directeur de l'École nationale de la magistrature (ENM), aristocrate distingué d'origine lituanienne et magistrat respecté de ses pairs. Une fois recruté, celui-ci réunit ce qu'il estime être une *dream team* autour de la ministre, une équipe de magistrats d'une grande technicité. Françoise Andro-Cohen, par exemple, conseillère technique au droit des mineurs était juge pour enfants. À l'ENM où elle s'est rapprochée de Dobkine, elle a enseigné le droit des mineurs. Même si elle n'a encore jamais travaillé en cabinet, elle est très qualifiée pour élaborer une réforme juste dans ce secteur sensible. Outre leur expertise, les membres de la *dream team* ont en commun de nourrir une admiration sans borne pour Dobkine.

Rachida Dati voudrait choisir ses collaborateurs mais décidément, l'Élysée veille. L'ancienne attachée de presse de Jean-Pierre Raffarin du temps de Matignon, Laurence Lasserre, une jeune femme appréciée des journalistes et passionnée par la politique, est convoquée par Claude Guéant qui, à la fin de l'entretien, lui propose de rejoindre Rachida Dati. Cette dernière recherche une « pointure de la com » pour mettre en valeur son action qu'elle souhaite, d'abord et avant tout, médiatique. *« Elle était incapable d'envisager le moindre sujet qui ne débouche pas sur une exposition dans la presse »*, se souvient l'un de ses anciens collaborateurs. Claude Guéant lui recommande un *spin doctor* en vue qu'elle reçoit place Vendôme à la fin août 2007. Le dialogue qui s'engage après les quelques politesses de rigueur ne manque pas de sel.

« Alors, comment voyez-vous les choses? lance la ministre.

— *Je pense qu'il faut changer votre mode de relation avec le président de la République. C'est très important.*

— *Ah? Et pourquoi?*

— *Parce que l'une de vos missions est d'assurer l'indépendance de la Justice par rapport à l'Exécutif. Et pour cela, vous ne serez pas crédible tant qu'on vous verra en bikini au côté du président! »*

Silence glacial.

Quelques jours plus tôt, le couple présidentiel a choisi les États-Unis pour ses vacances, Wolfeboro, dans le New Hampshire. Un ancien dirigeant de Microsoft les loge dans sa maison louée habituellement trente mille dollars la semaine. Cécilia a invité ses meilleures copines, notamment Mathilde Agostinelli et Agnès Cromback qui ont financé en grande partie le séjour. Lors d'une promenade sur le lac de Winnipesauke, un photographe d'Associated Press immortalise un tableau qui fera le tour du monde : on distingue, à l'avant du bateau, Nicolas et Cécilia Sarkozy, en compagnie de Rachida Dati légèrement vêtue.

« Ce n'est pas le problème ! Vous êtes à côté de la plaque ! », tranchera la garde des Sceaux avant de congédier le coach après moins de dix minutes d'entretien.

Rachida Dati en verra quelques autres par la suite. L'un d'eux, reçu presque un an plus tard, lui tracera une autre perspective. *« Vous êtes une marque de luxe, je veux faire de vous une marque éthique »*, lui expliquera-t-il. Sans plus de succès. Par période, elle se laissera plus ou moins guider par des conseillers de circonstance. Comme le philosophe Bernard-Henri Lévy pendant les trois mois d'écriture et de promotion de son livre, *Je vous fais juges,* publié à l'automne 2007 chez Grasset, sous la direction de BHL. *« Il était devenu son gourou,* se souvient un proche de l'écrivain. *Il lui disait quel média elle devait faire, avec qui il fallait traiter, comment elle devait présenter les choses. Elle était complètement fan. »* Plus tard, une journaliste du *Nouvel Économiste*, Gaël Tchakaloff, sera appelée à la rescousse pour créer des liens avec les patrons de presse et insuffler aux discours de la garde des Sceaux un supplément d'âme. Gaël Tchakaloff rencontre Catherine Pégard, la conseillère de Nicolas Sarkozy, qui nuance la feuille de route : *« Ne nous la polissez pas trop tout de même, on a besoin d'elle pour bousculer les habitudes des magistrats.* » Bien que motivée, la jeune femme ne tiendra pas le coup très longtemps.

Avec sa nouvelle équipe, les tensions apparaissent dès les premières réunions de cabinet que la ministre anime elle-même, au début, contrairement à la plupart de ses collègues qui confient cette tâche à leur directeur de cabinet. Quand ils quittent la salle, il arrive souvent que les conseillers s'interrogent mutuellement. « *On ne comprenait même pas ce qu'elle nous demandait,* explique un ancien collaborateur. *Elle ne porte aucun débat, aucune idée sur les questions centrales de la justice : faut-il réformer le parquet, des pôles de compétences par région ? La matière du droit suppose une certaine notion de complexité, de la nuance.* » Rachida Dati essaie de compenser en se référant sans cesse au chef de l'État. « *Je pense qu'elle avait une volonté de faire plaisir tout le temps à Nicolas Sarkozy,* interprète une éphémère conseillère de la ministre. *Elle voulait le remercier pour sa nomination en étant la meilleure élève du gouvernement. Elle nous disait même : "Si vous travaillez bien, le président saura se montrer reconnaissant." Avec ce genre de sous-entendus, elle se fourvoyait. Les gens n'étaient pas en demande de carrière.* » En demande de quoi, alors ? Cette même conseillère l'avoue, « *nous étions venus par estime professionnelle pour Michel Dobkine dont l'objectif était clair : pallier les défaillances techniques de la ministre et la rassurer* ». Étrangement, Belle-Amie ne parle pas de Cécilia que l'on ne voit quasiment jamais place Vendôme.

Face à ce *pack* compact d'éminences qui la regardent de haut et se piquent de lui communiquer de la substance, Rachida Dati se braque. « *Ils me font un procès en illégitimité. Ils pensent que je demande une place à côté d'eux. Ce qu'ils n'ont pas compris, c'est que je fais partie de leur monde, je connais leurs codes et c'est pour ça qu'ils ne m'auront pas !* » confie-t-elle à l'un des auteurs dans un de ses accès de colère dont elle a le secret[1]. Elle pense aussi que les résistances de la corporation s'apparentent à de la xénophobie. Il est vrai que les origines de Rachida Dati font parfois l'objet de plaisanteries d'un goût douteux chez certains hauts responsables de la Justice. Un jour, alors que la ministre se fait attendre dans une réunion des parquets généraux par elle-même convoquée, les blagues circulent autour de la table, selon un témoin direct de la scène : « *Qu'est-ce qu'elle va apporter ? Des cornes de gazelle et du thé ?* »

La condescendance de ses pairs qu'elle est pourtant censée chapeauter la propulse dans la troisième dimension. Dans ce genre de situation, Rachida Dati perd le contrôle de son langage. Les noms d'oiseaux fusent dans son bureau, les menaces pleuvent. La garde des Sceaux convoque ses conseillers techniques sans passer par le directeur de cabinet qui se sait de plus en plus souvent court-circuité. « *Quand je lui disais : "je vais en parler à Michel Dobkine" elle me répondait : "surtout pas, c'est moi qui vous le demande"*, se souvient un ex-conseiller. *On n'arrivait pas à la contenir.* » Obsession de l'hyperactive du gouvernement, se distinguer. Que les médias relaient son action pour, *in fine*, être remarquée par le président. « *Trouvez-moi des coups politiques*, ordonne-t-elle. *Les mesures, l'administration s'en chargera !* »

---

1. Conversation avec Michaël Darmon, ministère de la Justice, juillet 2007.

Les conseillers du cabinet ont conscience que le mode de fonctionnement de leur ministre est atypique. En privé, leur jugement est sévère. *« Elle est d'une grande incertitude institutionnelle »*, souligne un ancien collaborateur qui manie la litote. *« Elle ne perçoit pas du tout le fonctionnement des institutions. Elle est en défaillance technique. »* En un mot, ses collaborateurs la trouve incompétente. C'est dans cette ambiance que se prépare le discours sur l'état de la justice que Rachida Dati décide de prononcer au tribunal de Bobigny, le 22 juin 2007. Le service de presse présente cet exercice « délocalisé » comme une première, une marque d'innovation. En coulisse, la préparation du discours de politique générale de la garde des Sceaux est une course contre la montre qui se transforme en enfer pour Michel Dobkine. Déstabilisée, paniquée, Rachida se crispe et rejette les multiples moutures de son allocution préparée par le directeur de cabinet. *« Dobkine s'est échiné à donner du sens, à organiser ce qui était un véritable désordre intellectuel de la part de la garde des Sceaux*, raconte un témoin. *En fait, Dobkine a été le révélateur de ses carences et c'est ce qu'elle n'a pas accepté. »*

Rachida Dati manie la carotte et le bâton mais n'oublie pas de séduire. Un sourire « émail Diamant » par-ci, un mot gentil par-là. Un passage soudain au tutoiement surprend ces austères experts. Michel Dobkine lui a pourtant recommandé d'*« éviter les familiarités afin de garder une distance symbolique avec l'extérieur »*. Peu en chaut à la ministre qui ne revendique pas les mêmes professeurs que son directeur de cabinet. *« J'ai fréquenté une école très dure,* répète-t-elle en boucle, *celle de Nicolas Sarkozy. Mais il faut en passer par là pour réussir.* » Sarkozy aime palper les gens, elle aussi est tactile. Tout le monde n'apprécie pas. Avec Michel Dobkine, le fossé d'incompréhension se creuse jour après jour, qu'il s'agisse du style ou des méthodes de sa ministre. Voyant Serge Portelli, vice-président du tribunal de Paris, critiquer son action sur LCI, elle demande à son directeur de cabinet de le convoquer place Vendôme. « *C'est un délégué syndical et un magistrat. Sa critique est acceptable* », se risque Dobkine. « *Convoquez-le* », rétorque la ministre. Il l'invitera finalement à un entretien courtois dans son bureau pour évoquer l'actualité…

Début juin 2007, à Metz, un fait divers émeut l'opinion. Une mère de famille révoltée par la mesure de placement en détention de son enfant frappe à l'abdomen le magistrat en charge de l'affaire à l'aide d'un couteau à longue lame. Jacques Noris est transporté à l'hôpital Bon-Secours dans un état grave. Les magistrats, horrifiés par l'agression, déplorent que le TGI de Metz ne « *soit pas sécurisé* ». Nicolas Sarkozy demande à Rachida Dati de se rendre auprès du blessé et la charge de « *rencontrer l'ensemble des magistrats et fonctionnaires du TGI pour leur faire part de sa solidarité* ». La garde des Sceaux, elle, réclame à ses services « *un état des lieux immédiat sur la sécurité de ce tribunal et, plus largement, de l'ensemble des juridictions afin qu'un tel drame ne se reproduise plus* ». Ces initiatives ne suffisent pas à calmer la colère des magistrats. Les organisations représentatives appellent à une manifestation sur les marches du Palais. Le bâtonnier de Paris, Yves Repiquet, qui doit être reçu par la ministre, annonce qu'il viendra sur les marches du Palais par solidarité avec ses pairs. Rachida Dati entre dans une rage folle.

Elle demande à son directeur de cabinet de dissuader Repiquet de participer au mouvement. *« S'il persévère, je ne le recevrai pas »*, avertit-elle. Conscient de l'effet désastreux que produirait une telle intervention sur la réputation de « sa » ministre dans le contexte de crise qui se profile, Michel Dobkine joue la montre. Mais Rachida Dati le harcèle. *« Alors, vous l'avez eu ? Qu'est-ce qu'il a dit ? »* L'affaire se soldera par un coup de fil poli de Dobkine au bâtonnier Repiquet.

Le « dir cab » doit sans cesse slalomer entre le devoir d'obéissance à sa patronne et l'éthique de responsabilité inhérente à la profession de magistrat. *« Michel la protégeait à l'insu de son plein gré »*, ironise un proche de Dobkine. Cette personne, qui a assisté aux premières loges à la dégradation de la relation entre Rachida Dati et Michel Dobkine, raconte : *« La ministre estimait que les dossiers que nous lui préparions n'étaient jamais assez bien ficelés. Ce perfectionnisme apparent dissimulait une non-tranquillité permanente liée à son manque de maîtrise. Il fallait retravailler la nuit, les week-ends, et au final, elle ne se servait pas des éléments qu'elle nous réclamait. Elle réagissait à l'instinct, au risque de se planter lamentablement. Comme lors de cette réunion avec tous les syndicats de magistrats. Leurs dirigeants lui posaient des questions claires mais comme elle n'avait pas préparé les réponses, elle tentait de monter les syndicalistes les uns contre les autres en soulevant des sujets internes à leurs organisations. À la fin de la réunion, ils voulaient publier un communiqué commun pour dénoncer l'attitude de Rachida Dati. Elle l'a senti. Elle nous a demandé de les calmer. Elle nous mettait dans des situations inextricables. »*

Au cabinet, l'atmosphère devient irrespirable. Les collaborateurs défilent dans le bureau du directeur pour le prévenir de leur départ imminent. Michel Dobkine doit pratiquer la « calinothérapie » à haute dose pour éviter une cascade de démissions. Une goutte suffira pour faire déborder la coupe.

Début juillet 2007, la ministre de la Justice se prépare à présenter pour la première fois un texte relatif à la lutte contre la récidive devant des parlementaires. Ce qui promet une belle passe d'armes avec l'opposition. Prudemment, le chef du gouvernement, François Fillon, oriente sa ministre vers le Sénat où les débats sont plus feutrés qu'à l'Assemblée nationale. Rachida Dati est dominée par le stress. Elle demande à Michel Dobkine de rédiger son discours, lequel invite plusieurs conseillers à participer à son élaboration. La pression sur l'équipe est énorme. *« Ce texte a requis une cinquantaine d'heures de travail »*, se souvient l'une des plumes de Rachida Dati. Quelques jours avant la séance au palais du Luxembourg, le directeur de cabinet remet la copie à la garde des Sceaux qui n'en prend pas immédiatement connaissance. La veille au soir, elle appelle Michel Dobkine : *« Ce que vous m'avez donné, c'est ni fait ni à faire ! Je ne peux pas prononcer ce discours ! »* Le magistrat, surpris d'une réaction aussi violente que tardive, propose de se rendre au ministère et de peaufiner le texte. Vers minuit, il soumet la nouvelle mouture à Rachida Dati. *« C'est nul »*, assène la ministre. En panique, elle lui ordonne d'appeler l'un de ses amis lettrés qui habite Versailles. *« Dites-lui qu'on a besoin de ses services d'urgence ! »* *« Mais il est minuit »*, dit Dobkine. *« Je m'en fous, appelez-le ! »* Une heure après, le normalien, visiblement de bonne composition, débarque place Vendôme. Il remanie légèrement le discours, l'agrémente d'une licence littéraire plus prononcée qui satisfait Rachida Dati. Le lendemain matin, la ministre engueule une fois de plus son directeur de cabinet.

« *C'est incroyable, vous n'avez même pas attendu que mon discours soit édité pour rentrer chez vous !*

— *Madame la ministre, nous avons procédé à une lecture à voix haute. À la suite de laquelle j'ai porté moi-même les dernières corrections. Je suis ensuite rentré dormir un peu pour être en forme aujourd'hui, ce qui m'a paru important. Il y avait des gens au ministère pour imprimer le document et le remettre à votre chauffeur.* »

L'après-midi du 5 juillet, face à des sénateurs par l'odeur du sang alléchés, la garde des Sceaux se plante magistralement. Sa voix chevrotante et monocorde masque mal un état d'angoisse avancé. La jeune ministre frise le ridicule lorsqu'elle se met à lire les notes de ses conseillers relatives aux amendements déposés par la gauche. « *En général, les ministres ne les lisent pas, ils jettent un œil sur la feuille puis ils improvisent* », confie un conseiller parlementaire aguerri. De retour place Vendôme, Rachida Dati est remontée à bloc contre son équipe qu'elle réunit immédiatement. « *J'ai été mauvaise, je le sais, mais c'est votre faute,* lance-t-elle. *Monsieur Dobkine, vous êtes le premier responsable de cet échec !* » Littéralement ulcéré par cette flagellation en place publique, le magistrat file à l'Élysée pour annoncer sa démission à Patrick Ouart. Le conseiller Justice du chef de l'État essaie de le raisonner. « *Attends quelques jours,* lui dit-il. *Le président va t'appeler.* » Nicolas Sarkozy n'interviendra pas. Rachida

Dati aurait demandé au chef de l'État, *via* Cécilia, de ne pas retenir Dobkine.

Ce départ, le premier d'une longue série, engendre un mini-scandale public. Dans un premier temps, Rachida Dati et Michel Dobkine se mettent d'accord sur la manière de présenter l'événement à la presse.

« *Vous vous mariez bien le 4 août ?*

— *Tout à fait, madame la ministre.*

— *Eh bien nous n'avons qu'à dire que votre priorité, c'est cette nouvelle vie qui n'est pas compatible avec le rythme d'un cabinet.* »

Michel Dobkine entérine cette version dans une déclaration où il évoque « *des raisons strictement personnelles en lien avec un événement d'ordre privé* ». Il précise qu'il a « *apprécié de travailler aux côtés de Mme Rachida Dati, partageant avec elle son dynamisme et son esprit d'innovation, qualités indispensables à la réussite de sa mission de garde des Sceaux* ». En zélé serviteur de la fonction publique, il surenchérit sur France-Info. « *Il ne faut pas en faire un flan, ce n'est pas une affaire d'État,* explique-t-il. *C'est un micro-événement. J'ai travaillé avec un garde des Sceaux qui veut aller très vite, qui veut faire bouger les lignes, qui a pris un peu le taureau par les cornes, et qui demande évidemment une disponibilité très importante, à cent mille pour cent.* [...] *Lorsque le poste a été proposé, je n'ai pas mesuré que c'était des jobs dans lesquels il faut commencer à huit heures du matin et finir à minuit. Ce sont des fonctions très, très prenantes. Il ne faut pas mettre en difficulté un ministre qui a ses exigences et qui vous demande d'être là.* »

Dans les jours qui suivent, l'encre continue de couler sur ce départ brutal, d'autant qu'il se murmure que d'autres devraient suivre. On apprend en outre, par le site de l'*Est républicain*, que le chef adjoint de cabinet, Olivier Ubeida, ancien responsable des relations publiques de l'UMP, a déjà quitté les lieux en catimini quelques semaines plus tôt. La garde des Sceaux est-elle devenue incontrôlable? A-t-elle les capacités pour diriger un ministère? La contre-attaque médiatique de Rachida Dati ne se fait pas attendre. Dans les journaux, Dobkine découvre qu'il ne supporte pas la pression, qu'il va chercher ses enfants tous les jours à 16h30 à la sortie de l'école, bref, qu'il n'avait pas les épaules pour le poste. La polémique enfle et incite quatre conseillers du cabinet à donner leur démission de façon collective. *« Nous voulions que les gens comprennent bien qu'il y avait un problème Dati et non un problème Dobkine »*, insiste l'un d'eux. Nicolas Sarkozy lui enverra un signe en lui remettant plus tard la Légion d'honneur sur son quota personnel, ce que Rachida Dati considérera comme un désaveu.

Dans les jardins du ministère de la Justice, Rachida Dati ne décolère pas devant l'un des auteurs en cette veille de congés d'été. Elle a vécu comme un affront la polémique née des ennuis de deux de ses frères avec la justice pour des affaires de stupéfiants. Des informations sorties, selon elle, opportunément ce 13 juillet 2007, alors que son cabinet traverse sa première crise. Le départ d'une partie de son équipe a fait les gros titres, allant jusqu'à susciter une réaction du chef de l'État. Nicolas Sarkozy vient, en effet, la soutenir dans son ministère lors de la *garden-party* donnée à l'occasion de la fête nationale. Éclatante dans sa robe jaune, Dati se frotte à la corporation qui l'écoute en murmurant quelques moqueries. Entre elle et « eux » le bras de fer a commencé dès le premier jour. « *La ministre estime que l'administration, par essence, est là pour l'empêcher d'agir* », juge un ancien collaborateur de la garde des Sceaux.

À partir de cette période, Patrick Ouart rompt tout contact avec elle. Le conseiller Justice de l'Élysée et la ministre de la Justice désignée par le président ne s'adressent plus la parole ! Cet amateur de chasse issu d'une grande famille bourgeoise s'attribuant en privé « *un caractère un peu fruste* » entre en guerre avec celle dont il avait appris la nomination par la presse. Il ne lui pardonne pas d'avoir eu la peau de son ami Dobkine. Mais il lui faut manœuvrer sans porter tort à Nicolas Sarkozy. Ce qui ne sera pas si compliqué. « *Vu son histoire, ses réseaux et son contact direct avec le chef de l'État, Patrick Ouart n'est pas soumis à la hiérarchie de la chancellerie* », observe un membre du cabinet de la présidence de la République. Quelques mois plus tard, il sera surnommé le « vice-ministre » de la Justice.

Dans la tempête, Rachida Dati se place sous la protection de Claude Guéant. Celui-ci s'attelle naturellement au recrutement du nouveau directeur de cabinet. Ce sera Patrick Gérard, un profil très différent de Dobkine. Spécialiste des questions d'éducation, cet ancien giscardien de cinquante ans a occupé plusieurs fonctions électives en province puis en région parisienne. Dans la logique du secrétaire général de l'Élysée, un pur politique devrait mieux convenir à Rachida Dati qu'un magistrat plus gradé qu'elle. « *Comme tout préfet qui se respecte, Claude Guéant rêvait de mettre la main sur la chancellerie,* commente un proche du dossier. Via *Patrick Gérard, il prend le contrôle.* »

Rachida Dati n'est pas réellement affaiblie par le départ de son directeur de cabinet et de ses collaborateurs. Elle reste l'un des symboles de l'ouverture chère au président, une icône de la diversité et la coqueluche des sondages. L'opposition la ménage, la presse la suit pas à pas et, à l'Élysée, elle jouit du soutien indéfectible de Cécilia. Au moindre coup de pompe de « sa sœur », la première dame l'entraîne dans une séance de shopping chez les grands couturiers ou l'invite à boire un thé dans un palace parisien. Belle-Amie profite de ces instants d'intimité avec Cécilia pour l'informer des mauvais traitements qu'on lui fait subir au gouvernement. Ces plaintes remontent au président. À chaque fois qu'il en a l'occasion, il saisit le micro pour féliciter Rachida Dati du courage dont elle fait preuve en engageant les réformes difficiles, contrairement à tous ses prédécesseurs.

La garde des Sceaux décide que c'est par la refonte de la carte judiciaire, quasi cinquantenaire, qu'elle doit inaugurer son grand chantier de la place Vendôme. À l'Élysée, Patrick Ouart conteste cette orientation. Il estime que la réforme de la carte judiciaire doit parachever un changement plus profond du système. Il avait d'ailleurs théorisé le processus dans un discours rédigé pour le candidat Sarkozy à l'occasion d'une convention de l'UMP en 2006 sur les questions de justice. Le conseiller du chef de l'État n'est pas entendu sur ce point. Confortée par l'*imprimatur* présidentiel, la garde des Sceaux appuie sur l'accélérateur. L'enjeu est de taille : il faut réduire les coûts d'une administration sous-financée depuis des lustres. Pour faire la pédagogie de sa réforme, elle se lance à l'automne 2007 dans un tour de France surnommé par les avocats le « Dati Tour ». Étape très attendue, la Picardie, où Rachida Dati a entamé sa propre carrière de magistrat. À Péronne, elle était juge aux affaires familiales. *« Je reconnais des gens avec qui je travaillais à l'époque »*, dit-elle en arrivant. Au palais de justice d'Amiens, les avocats l'accueillent avec des monceaux de codes civils périmés et une pancarte raillant la « garde des Shows ». Ici comme ailleurs, la méthode Dati se cantonne à une rencontre avec les acteurs locaux du monde judiciaire, suivie d'une seconde avec les élus avant une conférence de presse. Cette manière de procéder est vivement dénoncée. Maxime Gremetz claque la porte de la réunion à laquelle il a été convié. *« Ils viennent dire ici ce qu'ils ont décidé à Paris »*, regrette le bouillant député communiste. Le message de Rachida Dati – *« Le service public ne disparaît pas, on le réorganise »* – ne convainc pas. De cette visite menée au pas de charge, on retiendra une mesure hautement symbolique : sans état d'âme, Rachida Dati raye de la carte judiciaire le tribunal de grande instance de Péronne, le premier chapitre de sa carrière dans la magistrature.

Rachida sans frontières

« La ministre souhaiterait venir demain matin à huit heures pour prendre des photos du balcon de votre chambre. Vous avez la plus belle vue sur Marrakech. » Ce cadre d'une entreprise du Cac 40 n'en croit pas ses oreilles. À l'autre bout du fil, depuis Paris, un membre du cabinet de Rachida Dati, visiblement gêné, lui transmet cette demande en pleine nuit ! Ce dirigeant fait partie de la délégation qui accompagne le président de la République en visite d'État au Maroc. La garde des Sceaux, très entourée par les médias français et marocains qui recueillent ses impressions de voyage sur la terre de son père, veut immortaliser l'événement à sa façon. Ne pouvant décliner cette demande, certes pittoresque mais émanant tout de même d'un ministre régalien, l'industriel obtempère. Il se lève aux aurores, range ses affaires et quitte les lieux avant l'arrivée de Rachida Dati qui occupera un moment la chambre d'hôtel avec vue panoramique sur la cité impériale.

Au cours d'un voyage présidentiel, il se passe toujours quelque chose avec Belle-Amie.

Dès l'élection de Nicolas Sarkozy, la ministre, forte de son statut de protégée de Cécilia, donne ses consignes à la cellule diplomatique de l'Élysée. Elle doit être de toutes les visites à l'étranger. Le cabinet entérine la demande et la place d'office dans la liste des personnalités qui accompagnent le président. Peu importe si le voyage comprend ou pas une thématique liée à son périmètre d'intervention, la garde des Sceaux trouvera toujours une justification pour les journalistes s'ils lui posent la question. De toute manière, elle fait partie du *casting* de la rupture sarkozyste qui suffit à expliquer sa présence. Dans les premiers mois de son mandat, le chef de l'État la présente aux Français de l'étranger ainsi qu'à ses hôtes sur toutes les tribunes du monde en compagnie des autres belles du gouvernement. Rama Yade, Christine Lagarde, Valérie Pécresse, Nathalie Kosciusko-Morizet et Rachida Dati ou l'affiche des « United Colors of Sarkozy ».

L'argumentaire politique est imparable. Ces femmes à des postes importants sont la preuve vivante que le nouveau président de la République fait bouger les lignes. Par conséquent, il ne voit aucun inconvénient à ce que la garde des Sceaux l'accompagne. En outre, celle-ci maintient un lien avec son épouse en proie à de grands troubles existentiels. Du côté des diplomates, on s'étonne mais à voix basse ; les apparences sont donc sauves. Rama Yade, la secrétaire d'État aux Droits de l'homme, est la première à se lasser de ces voyages de représentation où l'ambiance tourne vite à l'affrontement en coulisse avec Rachida Dati. La garde des Sceaux considère depuis longtemps Rama Yade comme une concurrente et les chamailleries sont permanentes entre les deux femmes. En privé, la secrétaire d'État reconnaît volontiers qu'elle n'a aucune affinité avec sa collègue. *« Ce qui est sûr, c'est qu'elle ne m'aime pas,* confie-t-elle à l'un des auteurs, à l'automne 2007. *À chaque fois qu'on se voit, on n'a rien à se dire si ce n'est parler de mode. Je m'en fous des belles toilettes. Elle est sans arrêt en train de se comparer à moi. Je lui ai dit un jour que je ne me sentais pas en concurrence avec elle. Question de génération... J'ai dû la vexer!* » Si les voyages forment la jeunesse, ils affûtent aussi le sens de la compétition chez les ministres.

Entre Dati et Yade, chaque voyage est prétexte à une prise de bec ou un bras de fer. En Algérie, Belle-Amie supporte mal l'étalage de complicité entre Nicolas Sarkozy et la secrétaire d'État aux Droits de l'homme. Le contexte politique de cette visite, en décembre 2007, est tendu. Quelques jours avant, le ministre algérien des Anciens Combattants, Mohamed Cherif Abbas, a tenu des propos à caractère antisémite. Quand le ministre de l'Intérieur, Yazid Zehrouni, qui soutient son collègue, accueille le président français, les balles sifflent.

Nicolas Sarkozy : « *Tu sais, je connais l'Algérie, je suis venu sept fois.* »

Yazid Zerouni : « *Oui, mais cette fois, tu es sorti des bureaux.* »

À quelques mètres de cette scène, se noue un autre affrontement. Rachida Dati, peinant visiblement avec ses talons hauts sur les grosses pierres de ce site cher à Albert Camus, se tient ostensiblement à l'écart de la tête du groupe. Rama Yade, elle, taquine sans arrêt le chef de l'État qui écoute le réalisateur Alexandre Arcady, juif originaire d'Algérie, lire un extrait de *Noces à Tipaza*, de Camus, évoquant la région. « *Moi, j'ai lu le livre en entier* », lance Rama Yade au président, amusé par tant d'effronterie. Rachida Dati observe ce jeu de loin. Elle n'est pas dans le coup. En atterrissant à

Constantine, la garde des Sceaux rappelle à sa jeune collègue de ne pas la doubler à la sortie de l'avion, au nom du protocole. « *Je suis ministre, tu es secrétaire d'État, je passe devant !* » Belle-Amie est très attachée au respect de l'étiquette. Dès son premier déplacement de ministre à Berlin, elle avait tancé l'ambassadeur qui n'était pas présent à la descente de l'appareil pour lui rendre les honneurs. À la mairie de Constantine, les présidents Bouteflika et Sarkozy s'entourent de Rama Yade et de Malika Ben Larbi en s'exclamant : « *Allez ! On va se faire photographier avec les plus belles !* » Rachida Dati rougit de colère. Une satisfaction tout de même, c'est au cours de ce voyage qu'elle fera la connaissance du réalisateur Alexandre Arcady dont elle deviendra très proche.

Quelques jours avant la visite d'État en Chine, mi-novembre 2007, Rama Yade s'interroge, devant quelques journalistes, sur sa présence en tant que secrétaire d'État aux Droits de l'homme. « *Vous comprenez, je serai toujours dans la difficulté. Si je ne dis rien, on se demande à quoi je sers ; si je parle, on dit que je pose un problème à Sarkozy.* » À cet instant, elle reçoit un coup de fil du président. Elle sort et revient quelques instants plus tard, tout sourire : « *Il vient de me dire que j'allais en Chine avec lui.* » Quelques jours après, Rama Yade apprend par une fuite dans la presse qu'elle n'est plus du voyage. Rachida Dati prendra sa place à Pékin et remettra un prix des droits de l'homme à des avocats ! La secrétaire d'État proteste. Elle bombarde Claude Guéant de questions. « *Pourquoi est-ce Rachida qui part et pas moi ?* » Sans obtenir de réponse claire.

Finalement, le 23 novembre 2007, Nicolas Sarkozy s'adresse directement à Rama Yade. Il commence par la féliciter pour son action. Puis aborde la question délicate de son éviction du voyage en Chine. « *Je te demande de ne pas chercher à comprendre, de laisser passer. Tu me fais confiance ? Tu ne pleures pas, hein ? Pour l'instant, je n'y peux rien. Ne t'inquiète pas, cela ne durera pas tout le temps. Ça m'est arrivé aussi d'avaler des couleuvres. Montre que tu travailles, que tu as du talent.* »

Si Rama Yade est persuadée, en son for intérieur, que c'est l'activisme de Rachida Dati qui l'a écartée du voyage en Chine, en réalité, la décision semble plutôt répondre à des impératifs politiques. Les Chinois auraient pris comme une provocation la présence de la secrétaire d'État aux Droits de l'homme. Nicolas Sarkozy, qui a nuancé son discours à l'égard de Pékin une fois élu, a choisi d'aborder lui-même cette question avec ses hôtes. Dans l'entourage du président, on reconnaît que les relations entre les deux femmes n'étaient pas simples à cette époque, mais on réfute toute idée de pression personnelle. « *Il est fou de croire que le président aurait pu céder à une demande de Rachida de prendre la place de Rama.* » Pourtant, cette dernière n'en démord pas. Elle est convaincue que la garde des Sceaux cherche à l'évincer des voyages. La tentative de Rachida Dati de rencontrer les ministres des Droits de l'homme et de la Famille en Inde, au début de l'année 2008, la conforte dans cette certitude. Rama Yade est prévenue qu'une entrevue se prépare à son insu. « *J'ai pensé ruer dans les brancards mais je me suis retenue au dernier moment. Je me suis dit : "pour une fois, tu vas être pondérée". Par chance, les Indiens n'ont pas voulu la voir.* » Nicolas Sarkozy, face à ces rivalités intestines, endosse la panoplie du vieux sage : « *Rachida doit s'émanciper tandis que Rama doit, au contraire, se discipliner.* »

Belle-Amie est, en effet, obnubilée par le lien qu'elle entretient avec Nicolas Sarkozy. Ne répète-t-elle pas à l'envi qu'elle est entrée en politique uniquement pour lui? « *Quand il arrêtera, j'arrêterai* », lance-t-elle un jour devant des journalistes.

Dans les semaines qui suivent le divorce présidentiel, Rachida Dati pense qu'elle peut s'imposer dans le premier cercle et devenir la confidente privilégiée du chef de l'État. Si l'on en croit la presse *people*, les forums sur Internet et, surtout, les conversations de comptoir, le peuple est même persuadé qu'elle aspire à devenir la nouvelle première dame ! Une étrange idée qui ravit Belle-Amie. Elle contribue d'ailleurs à la propager en racontant à tout le monde comment Nicolas Sarkozy, un mois plus tôt, lui a offert une rose lors du voyage en Algérie, juste avant le déjeuner officiel. La rumeur connaît son apogée lors du voyage à Washington, les 6 et 7 novembre 2007. Un épisode épique de l'activisme de Belle-Amie au sommet du pouvoir.

Tout commence au salon d'honneur de l'aéroport de Roissy. Christine Lagarde, ministre de l'Économie, Nadine Morano, secrétaire d'État à la famille, Rama Yade et Rachida Dati assurent la touche féminine au côté du président divorcé. La délégation se prépare à décoller pour la capitale américaine. Nicolas Sarkozy, entre-temps, fait étape au Guilvinec pour rencontrer les pêcheurs en conflit avant de traverser l'Atlantique. À quelques minutes du départ, Belle-Amie semble préoccupée.

« *Que se passe-t-il ?* », demande Nadine Morano.

— *Je viens d'apprendre que c'est robe longue pour le dîner à la Maison-Blanche et j'ai emmené un smoking!* répond Rachida Dati.

— *Non, tu rigoles? Les services du protocole nous ont répété dix fois qu'il fallait être en robe de soirée et toi, la garde des Sceaux, tu prends un smoking?* »

Pendant le vol transatlantique, les services diplomatiques se mobilisent. Il faut acheminer une robe haute couture à Washington pour la ministre de la Justice! Les grands créateurs ont prêté des toilettes à ses collègues du gouvernement qui seront, le temps d'un dîner, les ambassadrices de la mode française à la table des Bush. Arrivée à Washington, Belle-Amie s'enferme dans un salon de l'ambassade pour essayer une robe Dior et procéder aux retouches. Nicolas Sarkozy, pendant ce temps, termine son discours et s'adresse à la communauté française; il fait applaudir, comme à l'accoutumée, les ministres qui l'accompagnent par les expatriés. Ce rituel ressemble au final de l'émission de jadis, « Au théâtre ce soir », chère au cœur de Nicolas Sarkozy, l'enfant de la télé. Quand il annonce Rachida Dati, il se retourne mais point de garde des Sceaux! Et pour cause, celle-ci se débat avec les ourlets et les parements de sa robe, dans la pièce d'à côté.

La journée avance, le temps presse avant le rendez-vous pour le dîner officiel. À l'hôtel, les ministres se précipitent dans leurs chambres. La consigne du chef du protocole, Jean-Pierre Azvaradourian, est stricte: à l'heure dite, tout le monde doit se retrouver dans le hall pour partir à la Maison-Blanche. Aucun retard ne sera toléré. Commence alors une véritable course contre la montre avec des scènes dignes d'une comédie américaine. « *On a vingt-cinq minutes pour se doucher, se coiffer, se maquiller, sortir nos tenues des valises, les repasser* », se souvient Nadine Morano qui fête son anniversaire ce jour-là. « *Je vais dîner à la Maison-Blanche pour la première fois de ma vie mais je suis obligée de me maquiller à la truelle, de me coiffer en une minute. Je me fais aider par deux femmes de chambre pour fermer ma robe*[1] *!* »

Une minute avant le gong, les ministres se retrouvent dans le hall et s'entraident dans un moment de *rush* effréné. Morano termine d'agrafer la robe de Lagarde qui s'occupe de celle de Yade ! *In extremis*, le groupe se présente au complet devant le chef du protocole, à l'exception de… Rachida Dati. Les retouches de sa tenue ne sont pas terminées. Elle s'active avec une amie et une couturière. Le stress qui la gagne laisse place à l'euphorie. Elle sait qu'elle ne sera pas à l'heure au rendez-vous, mais se dit qu'elle peut tirer parti de ce retard. Dans le hall de l'hôtel, les membres de la délégation trépignent. Christine Lagarde perd patience : « *Ok, les filles, j'ai compris, ne vous en faites pas, elle va s'arranger pour être en retard et arriver en même temps que le président. Elle va faire comme au Maroc ! Elle est chiante avec ses petits jeux.* » Rama Yade observe la situation. « *Quand j'ai vu le tour que ça prenait, je n'ai rien dit pour ne pas me retrouver avec des échos sur le thème : "Rama tacle Rachida !"* »

Le 6 novembre 2007, à 20 h 15, Nicolas Sarkozy, chef d'État sans première dame, est reçu sur le perron

1. Propos recueillis par les auteurs.

de la Maison-Blanche par le couple Bush. Tapis rouge, tenues de soirée, orchestre. Le président français descend seul de la limousine devant les médias accrédités. Deux minutes plus tard, surgit Rachida Dati, à pied, moulée dans une superbe robe longue ivoire avec son étole de zibeline, scintillante de mille feux. *« Rachida! Rachida! »*, crient les photographes avides d'une image glamourissime. Juste avant d'entrer dans la Maison-Blanche, elle se retourne dans un mouvement de tête à la Marilyn et jette un sourire insolent de beauté. Toute l'histoire de Rachida Dati est contenue dans ces quelques dixièmes de seconde : son culot, son instinct, sa rouerie, son intelligence des situations. Belle-Amie vient de frapper un grand coup.

Dans le hall de la Maison-Blanche, les membres de la délégation assistent, ébahis, à l'éclair de génie de Rachida Dati. Quand les autres femmes du gouvernement ont été cantonnées dans un véhicule collectif, obligées de passer par la porte de côté, Belle-Amie s'est arrangée pour emprunter l'entrée principale, seule face aux objectifs et aux caméras ! Quelques instants avant le début du dîner officiel, les ministres françaises fusillent leur collègue du regard. *« C'était surréaliste. C'était les* Desperate Housewives *à la Maison-Blanche »*, ironise Rama Yade. Les Bush ont prévu pour leurs invités un « spot photo ». Chacun pose aux côtés du couple Bush et de Nicolas Sarkozy. Rachida Dati s'esclaffe : *« J'espère que je ne vais pas me gaufrer avec ma robe! »* Nadine Morano, pourtant réputée pour sa gouaille, glisse à une collègue : *« Bravo! On est des ministres de la France, on est à la Maison-Blanche, en robe de haute couture, et elle parle comme une chiffonnière! »*

George Bush, lui, s'intéresse au profil de Rachida Dati. « *Nicolas,* dit-il, *c'est vrai que vous avez une ministre musulmane? Nous, on a eu des Noirs mais jamais des musulmans. En plus, il paraît que la vôtre est jolie et populaire. Je peux la voir?* » « *Viens Rachida, approche,* lance, taquin, le président français. *Il y a George qui aimerait te connaître!* » Mr Bush et Mrs Dati échangeront quelques mots.

À l'Élysée, on commence à sérieusement s'interroger sur la présence systématique de Belle-Amie dans les avions du président. D'autant que le paysage a changé depuis le départ de Cécilia. Lors des séances de « peignage » des voyages, le chef de cabinet, Cédric Goubet, un proche de Claude Guéant, passe en revue les moindres détails de l'organisation. La question est posée par un conseiller aux représentants de la cellule diplomatique. « *Pourquoi vous mettez Dati systématiquement dans la délégation ?* » « *C'est la consigne qu'elle a donnée* », répond-on. Le cabinet présidentiel décide de recouvrer le contrôle de la situation. L'opération prendra du temps, mais l'objectif à moyen terme est de recadrer la garde des Sceaux. Les hommes du président ont affaire à une experte en infiltration qui ne recule devant aucun stratagème pour parvenir à ses fins. « *J'ai rarement vu quelqu'un d'aussi déterminé. Rachida est capable de retourner tout Paris pour récupérer une information ou se placer quelque part* », atteste un conseiller élyséen qui la connaît depuis longtemps.

L'incorporation dans une délégation présidentielle est le résultat d'un cocktail subtil entre les impératifs politiques, diplomatiques et affectifs du président. Ceux qui connaissent Nicolas Sarkozy savent qu'il lui est difficile de refuser une demande de participation à un voyage. Un mot lâché entre deux portes ou au cours d'une réunion a valeur de blanc-seing pour les impétrants qui se tournent, ensuite, vers la cellule diplomatique. À l'Élysée, Jean-David Lévitte, le sherpa, et ses collaborateurs ne se contentent pas de résoudre ou d'anticiper les problèmes internationaux, ils doivent aussi aplanir les conflits et déminer les tensions entre les prétendants à une place dans l'Airbus présidentiel. Régulièrement, les membres de la cellule diplomatique traitent les courriers et les demandes qui contiennent généralement la mention : « *Le président souhaite que je fasse partie du voyage.* » À charge pour eux de valider les demandes par Claude Guéant et, plus rarement, par Nicolas Sarkozy.

En janvier 2008, Nicolas Sarkozy officialise sa relation amoureuse avec Carla Bruni, ex-*top model* et chanteuse, mondialement célèbre. Rachida Dati dont l'instinct de survie s'est mis instantanément en alerte sait qu'elle a dorénavant sur son chemin une rivale hors du commun. Issue d'une famille riche, habituée à fréquenter le gotha de la planète, Carla Bruni maîtrise tous les codes de la haute société. Belle-Amie est profilée au quart de tour par l'artiste qui peut se montrer impitoyable quand ses intérêts sont en jeu. Elle ne lui laissera aucun espace.

C'est dans ce nouveau contexte que s'inscrit le voyage de Nicolas Sarkozy en Inde. Les presses française et indienne se passionnent pour cette nouvelle romance à l'Élysée et se perdent en conjectures sur la possible venue de Carla Bruni, au moins pour la visite du Taj Mahal, haut lieu du tourisme romantique. Nicolas Sarkozy s'y rend mais sans sa nouvelle compagne.

Il est accompagné de la délégation officielle et des journalistes. Les caméras peuvent filmer la visite. Au visionnage, des plans muets montrent quelques mouvements d'humeur entre Rachida Dati et Valérie Pécresse, ministre de l'Enseignement supérieur. La rumeur d'une dispute entre les deux femmes se propage. Voici le récit inédit de cette scène quasi théâtrale dans ce décor majestueux.

Rachida Dati se tient ostensiblement à l'écart du groupe qui suit le président. Nicolas Sarkozy qui s'en aperçoit, l'interpelle : *« Viens Rachida, viens voir comme c'est beau ! »* En se rapprochant, elle glisse à Valérie Pécresse : *« Je me tiens éloignée à cause des caméras. Je ne veux pas en rajouter avec tout ce qu'on dit sur moi et Nicolas. »* Sarkozy, hilare, asticote son harem gouvernemental. *« Vous reviendrez avec vos fiancés et vos maris. »* Puis il se tourne vers Belle-Amie en riant : *« Toi, de toute manière, tu as douze prétendants qui voudraient t'emmener au Taj Mahal ! »* Valérie Pécresse renchérit devant le président sur le mode de la plaisanterie : *« Bah, on sait bien que ton seul amour, c'est Sarko ! »* Rachida Dati prend très mal la galéjade : *« Ça va pas, non ? Arrête de parler comme ça ! Tu ne vois pas qu'il y a des caméras et des micros partout ! »* Surprise par cette réaction épidermique, Valérie Pécresse se rapproche de sa collègue et lui passe le bras amicalement autour de l'épaule. *« Allez, c'est juste une blague, ne te mets pas dans des états pareils. — Mais non, si tu savais... »*, réplique Dati, en se dégageant ostensiblement de l'étreinte de Pécresse. Avant l'irruption de Carla Bruni dans la vie du président, Belle-Amie ne se serait sans doute pas formalisée pour si peu de chose. Mais depuis l'arrivée de « l'amoureuse », elle sent que ce genre de malentendu est susceptible de lui créer des ennuis.

Lorsque le président voyage, c'est l'actualité nationale qui s'exporte et, avec elle, la chronique souterraine du pouvoir. Comme un festival avec son lot de séquences « in » et la partie « off » souvent bien plus savoureuse. Selon les nécessités du moment, la presse est amenée à s'intéresser à des sujets très éloignés du thème central du déplacement. Au grand dam des équipes de l'Élysée qui constatent le désintérêt des journalistes pour des discours ou des rencontres qui ont demandé des heures de travail et de coordination. Illustration avec le voyage en Guyane, ce bout de France au bout du monde, en février 2008. D'une manière générale, le gouvernement traverse une mauvaise passe depuis la conférence de presse de Nicolas Sarkozy, le 8 janvier 2008, au cours de laquelle il a reconnu que *« les caisses* [de l'État] *sont vides »*. Ne renonçant en rien à son volontarisme mais arc-bouté sur ses positions, il refuse pour l'heure d'intégrer les analyses alarmistes de quelques-uns de ses conseillers. Des études et sondages négatifs s'accumulent sur son bureau.

Quand le président se rend en pirogue au village de Camopi, attendu par le maire en pagne de fête, le visage décoré de peintures amazoniennes, les journalistes attendent Nicolas Sarkozy pour lui demander une réaction sur la campagne municipale de… Neuilly-sur-Seine ! Dans le fief du président, le candidat investi par l'UMP, David Martinon, porte-parole de l'Élysée, affronte un putsch auquel participe Jean Sarkozy, le propre fils du président. Les journaux radio et télé ouvrent leurs éditions avec le rififi de Neuilly. La presse guyanaise n'est pas en reste. Dans les bars de Cayenne, on commente la crise du fameux « village people ». À Camopi, le chef de l'État, manifestement excédé par le harcèlement des journalistes, refuse de réagir. Rachida Dati, entre deux visites d'écoles, ne se prive pas de critiquer l'ancien protégé de Cécilia. *« C'est ce que je dis toujours, il faut de l'humilité pour mener une campagne. Martinon n'a pas le relationnel. Les créatures sans ancrage politique sont des cibles fragiles »*, analyse la garde des Sceaux devant l'un des auteurs. David Martinon, à terre, ne peut guère compter sur le soutien de Belle-Amie. Les alliances d'hier sont caduques.

Sur le terrain de la justice, des signes de crispation apparaissent. En février 2008, une interview à la radio et un entretien dans un *news magazine* renforcent le sentiment que Rachida Dati se réfugie dans la langue de bois et peine à répondre aux questions des journalistes alors qu'elle se montre omniprésente dans la presse *people*. Le président lui a bien recommandé plus de discrétion mais elle ne l'écoute guère. Chez Dior, on a pris l'habitude de lui proposer à titre gracieux une tenue qui enrichira la légende des photos de presse : *« Rachida en Dior. »* Si la ministre de la Justice brille par ses toilettes, son action place Vendôme est sujette à polémique. La réforme de la carte judiciaire est menée à la hache, sans aucune réelle concertation avec les élus. *« C'est un désastre,* juge un ministre important du gouvernement. *Son seul discours est de dire : je n'en réfère qu'à Nicolas Sarkozy, le reste, les élus et le parti, je m'en moque. »* Même si elle demeure l'une des stars du gouvernement, l'étoile de Rachida Dati commence à pâlir dans l'opinion et à l'Élysée. Heureusement pour elle, Belle-Amie continue de voyager avec le président et, parfois, en profite pour régler les dossiers à sa manière. C'est, notamment, durant ces longs vols que l'on peut se retrouver en tête-à-tête avec le chef de l'État et lui faire passer quelques messages. En altitude, des rapports extrapolitiques se créent entre membres du gouvernement. Parfois même, les différends s'aplanissent ou, tout au moins, sont relativisés à quelques milliers de kilomètres du VIIe arrondissement de Paris. Pour toutes ces raisons et quelques autres, ces séjours qui conduisent nos dirigeants dans des hôtels luxueux méritent le détour. Les coulisses de la réception offerte par la reine d'Angleterre dans le cadre du château de Windsor resteront ainsi un grand moment de la petite histoire du quinquennat.

Le 26 mars 2008, la République traverse la Manche et sort le grand jeu : smokings et robes longues. Le dîner royal offert par la reine d'Angleterre au président Sarkozy et à son importante délégation obéit à un rituel aussi fastueux que minutieux. C'est l'entrée en scène de Carla Bruni-Sarkozy, dont les toilettes et les attitudes enflamment la presse britannique. De Londres, le message envoyé aux Français est écrit en lettres d'or : il y a de nouveau un couple à l'Élysée. Au cours de la soirée, Rachida Dati est absorbée par une nouvelle polémique étalée dans la presse à propos des frais de réception du ministère de la Justice qui ont nécessité une rallonge budgétaire de cent mille euros à l'automne 2007. La chancellerie justifie ces dépenses supplémentaires en invoquant, à l'occasion de la réception pour la fête nationale, l'invitation de soixante-dix ministres de la Justice francophones. En revanche, le ministère réfute *« la moindre prise en charge des dépenses personnelles de Rachida Dati qui concerneraient l'achat de collants et de maquillage »*, contrairement à ce qu'affirme le site Médiapart.

La garde des Sceaux croit savoir que *Le Canard enchaîné* enquête sur le dossier et s'apprête à publier un article incendiaire. Au château de Windsor, elle aperçoit Bernard Squarcini, le chef des services du renseignement intérieur français. Celui qu'on surnomme « le squale », très proche du président, ne fait pas partie de la délégation mais est l'invité personnel de son homologue, le patron du contre-espionnage britannique. Rachida Dati apostrophe Squarcini : *« Qu'est-ce que tu fous ? On me harcèle avec ces histoires de frais de réception ! Ton travail, c'est de me protéger ! Il faut que tu fasses interdire l'article qui va paraître dans* Le Canard enchaîné *! »* Une ministre de la Justice qui exige la censure d'un article de presse, la demande est pour le moins inédite… Face à la colère de Belle-Amie, le numéro un du renseignement intérieur, expert de la lutte antiterroriste, fort de l'arrestation d'Yvan Colonna, adopte le flegme local : *« Chère Rachida, ce n'est pas mon métier. »* Sur ce, il tourne les talons. Son homologue britannique l'entraîne vers une porte dérobée pour retrouver la reine et ses invités. Ce n'est pas la première fois que Rachida Dati exige de la part des policiers des interventions ou même des enquêtes sur les personnes qu'elle considère comme des gêneurs. La haute hiérarchie policière à qui elle s'adresse n'a que rarement pris en compte les demandes mais en fait des gorges chaudes.

La démarche est d'autant plus maladroite qu'à cette époque Rachida Dati s'active pour déloger de la place Beauvau Michèle Alliot-Marie citée dans l'affaire Clearstream. Certains journaux évoquent sa possible démission. Belle-Amie convoque les principaux responsables de la police, envoie des messages aux directeurs de services du ministère de l'Intérieur. « Les grands flics », tous des proches du président, s'inquiètent de cette démarche. Ils font savoir à l'Élysée qu'il n'est pas question pour eux de voir débarquer Rachida Dati. Ils sont rapidement rassurés. Apprenant que François Fillon est également opposé à sa nomination à la place de MAM, Belle-Amie agresse le Premier ministre. *« Il paraît que c'est de ta faute si je ne vais pas à Beauvau »*, le tance-t-elle devant plusieurs témoins. Depuis cette altercation, le chef du gouvernement a rejoint les rangs déjà très fournis des anti-Dati.

Mandatée pour faire voler en éclats les conservatismes français, la garde des Sceaux semble exploser en plein vol. Ses tocades agacent la majorité, sa cote d'influence s'érode, même si elle continue à être accueillie dans les déplacements comme une vedette du Top 50. Seule l'opposition, paradoxalement, continue de l'épargner. La gauche, PS en tête, ploie sous la mauvaise conscience de ne jamais avoir osé nommer une personnalité issue des minorités visibles à un poste aussi important. Mais au cœur de la machine élyséenne, l'exaspération mute en détermination. Au début du mois de juin 2008, Nicolas Sarkozy se rend au Liban afin de marquer l'élection du nouveau président, Michel Sleimane, au terme d'un long et difficile processus politique. Les accords conclus à Doha réorganisent le gouvernement libanais et, pour la première fois, le Hezbollah participe à la direction des affaires. L'enjeu est majeur pour la réconciliation libanaise. Nicolas Sarkozy, qui place cette visite sous le signe de l'unité nationale pour le Liban, convie les responsables des principaux partis politiques français à faire le déplacement avec lui à Beyrouth. Une première.

La cellule diplomatique qui n'accepte plus d'être placée devant le fait accompli soumet au président de la République la liste des personnes souhaitant l'accompagner au Liban, liste assortie de quelques recommandations. Nicolas Sarkozy prend son stylo et biffe le nom de Rachida Dati ! Nombre de collaborateurs du chef de l'État estiment en petit comité que *« Dati est devenue un boulet »*. La garde des Sceaux n'est plus une VIP incontournable des voyages officiels. La séquence se réitère pour le déplacement en Israël et en Palestine deux semaines plus tard. La visite dans l'État hébreu mobilise les diplomates et les sherpas des deux côtés de la Méditerranée. Pour son premier voyage à Jérusalem depuis son élection, le président Sarkozy souhaite exprimer son attachement à ce pays ami par un grand discours à la Knesset, le Parlement israélien. Il désire, de plus, qu'une imposante délégation l'accompagne. Ministres, élus, conseillers, artistes, écrivains… La liste des invités s'allonge mais n'inclut pas Rachida Dati qui s'était pourtant poussée du col devant Patrick Bruel quelques mois plus tôt, le soir du dîner en l'honneur de Shimon Peres à l'Élysée : *« Tu viens en Israël ? C'est moi qui gère. »* Apprenant la nouvelle de son éviction, Belle-Amie fait le siège de Jean-David Lévitte. Elle s'insurge d'autant plus contre cette mise à l'écart qu'elle entretient depuis longtemps d'excellentes relations avec la communauté juive de France. C'est au mensuel *Tribune juive* qu'elle avait réservé sa première interview de porte-parole du candidat Sarkozy. *« Je ne vois pas de différence entre les Juifs et moi »*, avait-elle déclaré dans ses colonnes. Des propos qui avaient provoqué un déluge de réactions sur le Net où des internautes taxent Dati d'« *agent du* lobby *juif* »! D'autres sites, encore plus fantaisistes, donnent dans l'exégèse hébraïque et prétendent que le nom de Rachida Dati figure dans la Torah!

Un jour, pendant la campagne présidentielle, elle rencontre par hasard le chanteur Enrico Macias, sur un quai de la gare de Lyon. Ils tombent dans les bras l'un de l'autre. « *Rachida, tu es la meilleure! Un jour, je ferai un concert pour Sarkozy!* » Enrico chantera au meeting de Dijon, entre les deux tours de la présidentielle, et improvisera un karaoké improbable le soir de la victoire du 6 mai sur la scène de la Concorde. La garde des Sceaux, en tant qu'amie de la communauté, s'exprime fréquemment devant les instances du Crif, le Conseil représentatif des institutions juives de France. Son engagement dans la lutte contre l'antisémitisme est total et sincère. Alors, forcément, elle supporte mal de ne pas accompagner le président en Terre sainte. Son obstination finit par avoir raison des réticences de l'Élysée. Elle est incluse dans la délégation mais, *in fine*, se voit dans l'obligation d'annuler au dernier moment sa participation à cause d'un débat parlementaire important sur le texte de la réforme de la Constitution.

Rachida Dati est de plus en plus critiquée pour son action à la tête de la Justice. Le député socialiste André Vallini, dont on dit que le président le considère comme un candidat d'ouverture à un poste ministériel, fustige « *la garde des Sceaux qui entre dans les prisons comme on monte les marches du Festival de Cannes* ». La polémique enfle si fort qu'au début de l'été, Nicolas Sarkozy se fend d'une sortie en Conseil des ministres pour réaffirmer publiquement son soutien à Rachida

Dati. Mais les voyants sont passés au rouge. À la rentrée, il siffle la fin de la récréation. La ministre de la Justice doit se distinguer sur le terrain et ne plus sortir de son périmètre gouvernemental. Non seulement Belle-Amie passe outre à la recommandation mais en plus, elle mitonne sa propre visite en Israël.

Invitée à s'exprimer dans un colloque près de Tel-Aviv sur *« la France qui change »*, Rachida Dati voit dans ce voyage l'opportunité d'une session de rattrapage. Elle compose une délégation comportant pas moins d'une quarantaine d'invités, politiques, intellectuels, artistes, et demande à prononcer un discours à la Knesset, privilège traditionnellement réservé aux dirigeants. Belle-Amie réclame sa visite d'État ! Lorsque Claude Guéant découvre ces desiderata disproportionnés, il demande *illico* de *« dégonfler tout ça »*, réduit le programme à sa plus simple expression et convoque dans la foulée Rachida Dati. Le secrétaire général de l'Élysée l'avertit que personne ne comprend la pertinence de ce voyage. *« N'avez-vous pas mieux à faire à Paris ? Le président a été très clair : il faut vous réenraciner dans la technique. »*

Une fois sur place, Rachida Dati ne retient pas sa colère en s'apercevant que le président palestinien, Mahmoud Abbas, ne l'accueillera pas lui-même, attendu à New York pour l'Assemblée générale de l'ONU. En Israël, où les autorités s'étaient montrées dubitatives sur l'intérêt de la visite, la garde des Sceaux ne monte pas à la tribune de la Knesset mais enchaîne les entretiens avec les représentants d'une presse israélienne chaleureuse. Puisqu'elle est moins sollicitée, désormais, dans les voyages présidentiels, elle essaie d'organiser quelques escapades personnelles.

En octobre 2008, elle projette deux déplacements, en Syrie et en Libye. Une fois encore, elle trouve l'Élysée sur son chemin qui met son *veto* pour *« motifs diplomatiques »*. Belle-Amie, qui ne fait plus partie de la *task force* du président, est assignée à résidence place Vendôme.

Carla ou la conquête impossible

Depuis sa nomination au ministère de la Justice, un poste n'a jamais été pourvu par Rachida Dati dans son cabinet, celui de conseiller politique. Les postulants n'ont pourtant pas manqué, souvent recommandés par l'un de ses précieux parrains. Lors des conversations préliminaires de la garde des Sceaux avec ces éminences grises, nombre d'entre elles ont commis l'erreur de lui donner le seul conseil qu'elle n'a pas envie d'entendre : *« Vous devez vous émanciper du chef de l'État. »* Rachida Dati, s'émanciper du président ? Autant demander à une abeille d'arrêter de butiner des fleurs ! Belle-Amie a brisé le plafond de verre grâce à Nicolas Sarkozy et à son ex-épouse, Cécilia, partie à l'autre bout du monde. Elle est persuadée qu'il lui faut à tout prix s'agripper au veston de celui qui détient le pouvoir de faire et défaire des carrières. L'irruption de Carla Bruni dans la vie du chef de l'État va bouleverser ses certitudes.

Premier signal inquiétant : dès son intronisation en « Sarkozie », la chanteuse se lie à Pierre Charon, contempteur notoire de la ministre de la Justice. Seul collaborateur du président à frayer avec les artistes depuis des années, il en saisit la sensibilité, voire la susceptibilité. Avant d'entrer officiellement à l'Élysée, Charon a conseillé, entre autres, Christian Clavier et Arthur. « *Il est tellement drôle, Pierre* », dit souvent Carla de son nouvel ami. En outre, ils possèdent un point commun que peu de gens connaissent : une admiration pour François Mitterrand. En effet, si nul n'ignore que le cœur de Carla Bruni-Sarkozy a longtemps battu à gauche, on se limite généralement à qualifier Pierre Charon d'« ancien chabaniste ». Pourtant, en 1974, révolté par la trahison de Jacques Chirac à l'endroit de Jacques Chaban-Delmas, le militant de vingt-quatre ans appelle les jeunes chabanistes à voter François Mitterrand au second tour de l'élection présidentielle ! Après la victoire de Valéry Giscard d'Estaing qui nomme Chirac à Matignon, Charon rejoint le Mouvement des radicaux de gauche, en même temps que son inséparable compagnon de l'époque, Didier Schuller. À la demande du président du MRG, Robert Fabre, les deux compères participent quelques semaines plus tard à la délégation d'Union de la gauche qui se rend au Portugal pour soutenir la révolution des Œillets et son leader socialiste de retour d'exil, Mario Soares ! À leur retour, François Mitterrand les convoque pour un compte rendu de voyage. Ils sont reçus à Latché par le leader du PS qui les honore d'un tour du propriétaire dans les règles de l'art. Narration de l'histoire des grands arbres du parc, tennis avec Roger Hanin, dégustation de foie gras à midi, Charon et Schuller sont enchantés par leur journée.

Le conte de fées s'interrompt brutalement. Quelques mois avant les municipales de 1977, Schuller déserte le MRG. Son beau-père, chef d'entreprise influent dans la Sarthe où son gendre est implanté politiquement, lui demande de rentrer au bercail. « *Tu ne vas pas t'acoquiner avec les communistes »*, prévient-il. Schuller, très attaché aux avantages que lui procure la situation du père de Christelle, son épouse, rallie le parti radical valoisien, formation associée à l'UDF. Mais Pierre Charon, qui s'est lié d'amitié avec Michel Crépeau, figure montante du MRG, ne suit pas tout de suite son copain ! Il attendra que Jacques Chaban-Delmas soit élu président de l'Assemblée nationale en 1978 pour réintégrer son cabinet et, de fait, le giron gaulliste.

La première collaboration entre Carla Bruni et Pierre Charon s'ébauche à l'occasion de l'anniversaire-surprise de Nicolas Sarkozy, le 28 janvier 2008. L'ancien *top model* lui demande de l'aider à établir la liste des invités. La fête doit se dérouler dans sa maison du XVIe arrondissement, adossée à la fameuse Villa Montmorency où le chef de l'État compte quelques amis parmi les propriétaires comme Vincent Bolloré, Dominique Desseigne ou la chanteuse Rika Zaraï. Carla préfère recevoir chez elle les proches de son mari qu'elle a déjà croisés et avec lesquels le courant est passé. Se pose alors la question de la venue de Rachida Dati. L'hôtesse, qu'un rien égaie, trouve *« amusant »* de l'inviter, au même titre que les Johnny Hallyday, Michel Sardou, Arthur, etc. La ministre de la Justice vient accompagnée de Catherine Pégard, conseillère élyséenne, qui n'a pas été conviée. Une manière de rappeler que les deux protégées de Cécilia ne seraient pas marginalisées. Pendant la fête, Belle-Amie paraît isolée tandis que paradent les membres du clan adverse, notamment Pierre Charon, maître de cérémonie, Franck Louvrier et Brice Hortefeux. La voyant un peu perdue, Carla Bruni s'approche et lui murmure dans l'oreille de sa voix cassée et, parfois, cassante : *« J'ai hésité à vous contacter mais finalement, je me suis dit que je n'allais pas commencer à dresser des listes noires. »* Rachida Dati comprend à cet instant que sa vie avec Nicolas Sarkozy se complique. Il se confirme que l'alliance entre la future épouse du chef de l'État et Pierre Charon ne présage rien de bon.

Mais Belle-Amie n'est pas femme à renoncer aussi vite. Elle a séduit d'un regard les hommes les plus inaccessibles, ému des femmes revêches entre toutes, pourquoi cette belle Italienne ne tomberait-elle pas sous son charme ? Quand elle veut plaire, Rachida Dati pianote sur une gamme très étendue qui va du rire aux larmes, de l'humour débridé à la complainte aux accents tragiques de la fille des cités. Elle alterne les registres, telle une grande comédienne dans un rôle de composition.

Mais pour conquérir Carla, il faut d'abord se détacher de Cécilia. Une exigence formulée par le chef de l'État qui ne tolère plus que ses collaborateurs entretiennent le moindre contact avec son ex-épouse. Un impératif, même, depuis la fameuse affaire du texto « révélé » par nouvelobs.fr. *« Si tu reviens, j'annule tout »*, aurait affirmé Nicolas Sarkozy dans un SMS envoyé à son ex-femme quelques jours avant son mariage avec Carla Bruni. Chacun sait comment cette triste affaire s'est terminée : le chef de l'État a porté plainte contre le média et l'auteur de l'article incriminé, Airy Routier, pour faux, usage de faux et recel. Le journaliste a dû avouer qu'il n'avait jamais pris connaissance directement du texto mais qu'une source lui en avait rapporté le contenu. Airy Routier s'est finalement excusé pour ce « scoop » hasardeux, et le président, à la demande de la chanteuse, a retiré sa plainte. Une question, cependant, demeure : qui fut la fameuse source de nouvelobs.fr et dans quel but a-t-elle joué ce jeu dangereux? Carla Bruni-Sarkozy a confié à l'un des auteurs avoir percé à jour le mystère. « *Les investigations de la police ont démontré deux choses,* dit-elle. *D'une part, que mon mari n'a pas envoyé de SMS à son ex-épouse. D'autre part, que la personne qui a manipulé Airy Routier est une personne proche de Cécilia qui occupait à l'Élysée une place très importante et qui s'est sans doute sentie fragilisée par le divorce de mon mari. Elle a fort heureusement été éloignée.* » Cette sombre affaire de texto a, incontestablement, accentué la détermination du couple présidentiel à écarter ou à neutraliser ceux et celles identifiés comme les obligés, *ad vitam aeternam*, de Cécilia Attias.

Dans un premier temps, Rachida Dati ne cède pas aux injonctions de Nicolas Sarkozy. « *Virez-moi si vous voulez mais je ne veux pas choisir* », lui aurait-elle même suggéré. Mais certains journaux évoquent peu après un froid entre les deux femmes : la « sœur » ne donnerait plus suite aux messages de Cécilia divorcée. Les deux femmes contre-attaquent par un dîner promis à une belle publicité, auquel participe le compagnon de Cécilia. Pour le président de la République, cette forme de résistance équivaut alors à un *casus belli*. La première dérobade patente de Belle-Amie a lieu lors du mariage de Cécilia et Richard Attias, le 24 mars, à New York. Après avoir confirmé sa présence à la cérémonie où elle s'est annoncée accompagnée d'Henri Proglio, la ministre de la Justice se décommande. Raison d'État. Le couple confronté à d'autres défections du même ordre décide de passer l'éponge. « *Comment en vouloir à des gens qui dépendent directement de l'Élysée ?* », explique le publicitaire à ses proches qui s'offusquent de la lâcheté environnante.

Mais quelques semaines plus tard, courant avril, la nouvelle volte-face de Rachida Dati est celle de trop. Cécilia marie sa fille cadette à la mairie du VIIe arrondissement. Madame le maire fraîchement élue a promis d'être l'un des témoins de Jeanne-Marie Martin, sa « nièce ». Dans les semaines qui précèdent la célébration, Belle-Amie disparaît ! Elle ne répond plus aux appels de Cécilia, contrainte de se déplacer à la mairie pour savoir qui présidera la cérémonie, en l'occurrence un obscur adjoint. « *Ils n'auront même pas droit à un vin d'honneur* », s'indigne un invité. De cet abandon en rase campagne, date le divorce entre l'ex-*first lady* et sa tendre « sœur ». Pour justifier son attitude, la garde des Sceaux raconte dans les dîners parisiens que sa rupture a été orchestrée par un Richard Attias soucieux de couper son épouse de son ancien milieu.

Débarrassée de celle qui l'a imposée contre vents et marées, Rachida Dati reprend sa marche en avant. Une des dernières visites d'État à laquelle elle participe la mène fin avril en Tunisie où cohabitent le régime autoritaire du président Ben Ali et une douceur de vivre à nulle autre pareille. Pas moins de sept ministres et secrétaires d'État accompagnent le président, deux hommes politiques d'origine tunisienne, le président de la Cour des comptes Philippe Séguin et le député de Paris, Pierre Lellouche, ainsi que des chefs d'entreprise et quelques stars de la télé originaires du pays hôte comme Daniela Lumbroso et Serge Moati. Pour la nouvelle épouse de Nicolas Sarkozy, il s'agit du troisième déplacement ès qualités après l'Afrique du Sud et la Grande-Bretagne.

Le voyage tourne rapidement au calvaire pour Rachida Dati que Carla Bruni-Sarkozy ne gratifie pas du moindre regard, même lorsque les deux femmes sont assises à la même table. « *C'était comme si elle n'existait pas,* se souvient un membre de la délégation française. *Les yeux de Carla ne se fixaient jamais sur elle.* » Sans se démonter, Belle-Amie entreprend les invités personnels de la *first lady*, notamment l'ex-mannequin Farida Khelfa, témoin de mariage de Carla et l'une de ses meilleures amies avec la comédienne Marine Delterme. La ministre partage une passion pour les créateurs avec l'ex-égérie d'Azzedine Alaïa, ce qui lui permet une première approche. Forte de son art achevé de la confession, Rachida fait parler Farida, dont le père algérien était analphabète et anticolonialiste. Poussée en France par la pauvreté dans les années soixante-dix, Farida Khelfa grandit aux Minguettes, dans la tour 106. À seize ans, elle rejoint à Paris sa sœur Malika, costumière de cinéma. La jeune fille longiligne s'enivre de la capitale, ses quartiers animés, ses boîtes de nuit. Jusqu'à ce que Jean-Paul Goude la remarque aux Bains Douches en 1982 et l'oriente vers le mannequinat. Sa vie bascule. Elle croise Carla Bruni dans les défilés. Outre leur beauté éclatante, elles ont en commun de chercher à casser les codes dans l'univers de la mode. Bien entendu, l'ascension de Farida Khelfa, musulmane comme elle, rendue possible par des rencontres successives, parle à Rachida Dati. Les deux belles du Maghreb se reverront à Paris à plusieurs reprises, mais Farida Khelfa, malgré quelques offensives, ne parviendra pas à infléchir l'opinion de Carla sur Belle-Amie.

Quand elle constate à son grand désarroi que la médiation ne change rien à l'affaire, Rachida Dati décide de ne se fier qu'à sa propre détermination. Tisser un lien solide avec la première dame est désormais, dans son esprit, une urgence. Car sur le plan politique, sa position s'est singulièrement fragilisée, tant au sein du gouvernement que sur le terrain où ses déplacements entraînent, presque systématiquement, des complications. Un jour, devant plusieurs ministres éberlués, elle demande à Carla Bruni son numéro de portable. Prise de court, celle-ci s'exécute... avant de lui dire de ne plus envoyer de SMS à son mari de bon matin! *« Le mode de vie du président a changé. Il a moins besoin d'être entouré comme lorsqu'il allait moins bien »*, confirme un proche conseiller de Nicolas Sarkozy. Lors de la première *garden-party* de Carla en qualité d'épouse du chef de l'État, le 14 juillet 2008, les femmes du gouvernement tourbillonnent autour d'elle. Le ballet des Rachida Dati, Nadine Morano et autres Valérie Pécresse a quelque chose de pathétique. Les trois *« ambitieuses »*, comme les surnomme un ami du président, réussissent à se faire immortaliser en compagnie de Carla Bruni-Sarkozy. Le sourire de la garde des Sceaux lui prenant la main en dit long sur sa satisfaction. Quelques titres sur le Net sanctifient ce moment particulier. *« Carla Bruni et Rachida Dati, elles sont bonnes copines*[1] *! »* Faux, mais mieux que rien.

Début août, la presse s'intéresse, comme chaque année, aux lieux de villégiature des membres du gouvernement. La ministre de la Justice laisse filtrer quelques indiscrétions selon lesquelles elle rejoindrait,

1. purepeople.com, 19 juillet 2008.

pendant une partie des vacances, le couple présidentiel dans la résidence d'été de Carla Bruni-Sarkozy, sur la Côte d'Azur. En réalité, il n'a jamais été question que Rachida Dati soit invitée au cap Nègre mais elle a tout tenté pour forcer la main aux jeunes mariés. Malheureusement pour elle, Pierre Charon montait la garde. Publiquement, la première dame ne manifeste aucune hostilité envers la ministre qu'elle assure trouver « *sympa* ». « *Je la vois fréquemment, elle me fait beaucoup rire,* déclare-t-elle, utilisant à dessein une formule à double sens. *Les rumeurs doivent prendre leurs sources dans le fait qu'elle est une amie de l'ex-femme de mon mari. Mais il n'y a vraiment aucune hostilité entre nous. Je lui ai même envoyé deux adresses d'amis pour ses réunions d'appartements dans le VII*e *arrondissement durant sa campagne municipale*[1]. »

Mais en privé, Carla Bruni-Sarkozy fait bien sentir que l'époque du statut protégé est révolue. Pis, elle semble promouvoir les deux rivales de Belle-Amie au gouvernement, Rama Yade et Fadela Amara qui lui disputent l'incarnation de la diversité auprès de Nicolas Sarkozy. « *À chaque fois qu'elles se retrouvent ensemble, Rama et Carla s'isolent pour fumer des clopes,* a remarqué un membre du cabinet du président. *Elles se cachent derrière les rideaux et rient à tue-tête. Ça met Rachida en rogne.* » Avec Fadela Amara qui avait déjà croisé la chanteuse lorsqu'elle représentait l'association Ni putes ni soumises, Carla Bruni-Sarkozy ne cache pas qu'elle aimerait conduire une action conjointe. « *Il y a mille choses à faire,* dit-elle, *afin de lutter contre la*

---

1. *Carla et Nicolas, la véritable histoire*, Yves Azéroual et Valérie Benaïm, Archipoche n° 96.

pauvreté où qu'elle soit. [...] *Je veux aider aussi en France. Notamment dans les quartiers difficiles. Fadela m'y a invitée*[1] . » Un conseiller élyséen confirme que « *de l'avis de Carla, les minorités visibles sont représentées par Fadela de manière très authentique* ». « *Rachida Dati n'est pas la Cosette des cités, c'est une* fashion victim », a coutume d'ironiser la première dame.

Cette stratégie de celle qui veut « *déranger les pierres* » est le cauchemar de Belle-Amie. Celle-ci s'ingénie, en effet, depuis son entrée en politique, à empêcher l'émergence d'une autre figure susceptible de représenter la diversité au côté de Nicolas Sarkozy. Elle a même refusé de repérer, pour le compte de l'UMP, les jeunes talents des banlieues. Pourquoi faire entrer des loups dans la bergerie? La double nomination de Rama Yade et de Fadela Amara au gouvernement avait été très durement ressentie par la garde des Sceaux. La première, soutenue par Frédéric Lefebvre, possède des qualités oratoires et un cursus universitaire très supérieurs aux siens. Quant à la seconde, devenue la protégée de Brice Hortefeux, elle bénéficie de la légitimité militante qu'a toujours fuie Rachida Dati. Si de surcroît Carla Bruni-Sarkozy les placent sur orbite... En clair, l'une ou l'autre pourrait devenir une solution de substitution au cas où le président de la République souhaiterait se séparer de son icône historique. Après tout, n'a-t-il pas confié à des proches qu'il ne se sent en rien redevable à l'égard de Rachida Dati? Évoquant une possible candidature à la députation, le président affirme avoir beaucoup fait pour elle. « *J'aurais fait de cette fille une parlementaire française ancrée dans une*

1. *Le Point*, 5 juin 2008.

circonscription imperdable, une maire à vie du VIIe arrondissement, je ne vois pas de quoi elle pourrait se plaindre », laisse-t-il échapper lorsqu'il s'irrite des lacunes de la garde des Sceaux.

La première dame de France ne s'ingère guère dans les nominations diverses et variées, contrairement à l'ex-épouse du président. Elle pourrait cependant faire une exception à cette règle dans l'hypothèse où il serait sérieusement envisagé de nommer Rachida Dati au ministère de la Culture, comme on l'évoqua quelquefois dans les gazettes. Un membre important du gouvernement confiait aux auteurs début décembre 2008 : « *La Culture serait bien pour Rachida, c'est un ministère où il faut se coucher tard.* » Strass et paillettes, certes, mais aussi ministère de tutelle des artistes et donc, des auteurs-compositeurs-interprètes. « *Si ce projet prenait forme, je suis certain que Carla y mettrait un veto* », affirme un proche de la première dame. Comme si de rien n'était.

Ministre en procès

« J'ai échappé à l'échec de votre politique et c'est ce qui vous dérange ! » La séance de questions à l'Assemblée nationale est houleuse. Face aux députés de gauche qui multiplient les huées et les interpellations, Rachida Dati subit l'épreuve du feu. Ce 3 juin 2008, elle vit sa pire journée dans l'hémicycle depuis sa nomination au gouvernement. La raison de cet embrasement tient à l'annulation par le tribunal de grande instance de Lille d'un mariage parce que l'épouse aurait menti sur sa virginité. L'affaire révélée par *Libération*[1] suscite l'émoi dans l'opinion. La polémique enfle quand Rachida Dati demande au procureur de Douai de faire appel de la décision. Lors des questions d'actualité, la députée PS Martine Martinel lui demande si elle est prête à déposer un projet de loi pour *« mettre fin à toute ambiguïté »* dans l'hypothèse où le TGI de Lille confirmerait sa décision. Par cette question insidieuse, l'élue socialiste stigmatise les atermoiements de la garde des Sceaux. Cette dernière a, en effet, défendu dans un premier temps la décision du tribunal avant de reculer et de demander au parquet de faire appel.

1. Le 29 mai 2008.

Dans sa réponse à Martine Martinel, Rachida Dati choisit la dramatisation. Ce mariage annulé, c'est la faute des socialistes, de leur politique d'intégration qui a conduit *« à un repli communautaire »*. *« Vous avez abandonné nombre de jeunes filles dans les quartiers en difficulté entre les mains des grands frères. Votre politique a été un échec, aujourd'hui nous payons pour ces filles ! »*, s'indigne-t-elle. Bronca sur les bancs de la gauche. L'ancienne porte-parole de campagne de Nicolas Sarkozy a instinctivement adopté une attitude combative qui l'amène à raconter sa propre histoire. Comme souvent, Belle-Amie, encerclée, brandit l'arme fatale : « Touche pas à mon origine. » Quitte à s'empêtrer dans ses contradictions en se réfugiant dans un passé qui ne passe pas. Cela dit, comment ne pas se souvenir, face à une telle affaire, du jour de son mariage avec cet architecte algérien que sa famille a choisi pour elle, contre son gré. Alors âgée de vingt-six ans, elle vit une histoire d'amour dans la capitale mais, par crainte de la colère paternelle, elle se présente parmi les siens comme une jeune fille soumise. En mairie, la cérémonie se déroule de façon ubuesque. Elle n'arrive pas à prononcer le « oui » solennel du consentement. L'officier d'état civil est obligé d'interpréter à haute voix. *« Est-ce à dire que votre hochement de tête est à prendre pour un "oui" ? »* À ses côtés, son père l'incite fortement à acquiescer. Son futur mari la fusille du regard. Rachida bredouille un *« oui »* presque inaudible. L'honneur est sauf. Aujourd'hui, Belle-Amie raconte à ses proches, en riant, cette folle journée qui se terminera par *« un repas dans un gymnase de Dijon avec le panneau de basket au-dessus de la table d'honneur »*, la première dispute avec son époux ou encore la nuit de noces *« qui n'existe pas »*. Dès le lendemain de la fête, de retour à Paris, la jeune femme fera donner ses réseaux dans la magistrature. Le mariage sera annulé au terme d'une longue procédure. Aussi, dès que la ministre de la Justice prend connaissance de l'affaire de Douai, les observateurs ont le sentiment qu'elle réagit en fonction de son vécu. Une des convives se remémore un déjeuner de « journalistes filles » organisé à la chancellerie. L'ambiance est détendue, presque potache. Quand soudain, la conversation roule sur l'article de *Libération*. Rachida Dati ne cache pas son enthousiasme : *« C'est super pour cette femme ! Vous vous rendez compte, elle va être libre, elle ne sera plus obligée de passer sa vie avec cet homme ! C'est génial ! La femme est protégée ! D'ailleurs, je parlais l'autre jour à François Fillon de mon mariage annulé et quand j'ai vu cette affaire, j'ai découpé l'article pour le lui donner. »* Aux journalistes qui lui font remarquer que la polémique prend de l'ampleur, un collaborateur de la garde des Sceaux confirme : *« Nous ne bougerons pas, le jugement est conforme. »* Vingt-quatre heures plus tard, la ministre est obligée de défendre la position inverse, après un entretien avec le président. Devant les députés déchaînés, le petit soldat de la Sarkozie repart au feu. Pour la première fois, la critique de la gauche à son endroit vire au procès. Voilà accusée et condamnée celle dont la nomination à ce poste a longtemps mis le parti socialiste dans l'embarras. Ce sentiment de culpabilité des socialistes à l'égard de l'icône de la diversité appartient désormais au passé. En ce début d'été 2008, la gauche s'est libérée de son

« complexe Dati », paradoxalement grâce à la droite qui a ouvert la première la *« chasse à Rachida*[1] ». En effet, quelques semaines plus tôt, Édouard Balladur, président de la commission chargée de proposer des pistes pour le changement de la Constitution, tire une première salve sur la garde des Sceaux. *« Elle est incompétente »*, explique-t-il en privé. Déterminé, il prend contact avec Nicolas Sarkozy et François Fillon pour les convaincre d'écarter Rachida Dati de ce texte majeur du quinquennat. *« Elle ne doit même pas s'asseoir sur le banc du gouvernement ! »* exige l'ancien Premier ministre. L'intervention du mentor de la Sarkozie n'atteint qu'en partie ses objectifs. François Fillon laisse sa ministre participer aux débats mais décide de prononcer lui-même les discours devant les deux assemblées. Il inflige, de fait, un terrible désaveu à Rachida Dati car, dans le passé, ses prédécesseurs ont porté eux-mêmes leur réforme des institutions. Pour ne rien arranger, les propos exceptionnellement violents d'Édouard Balladur sont éventés dans la presse. Piquée au vif, Belle-Amie réplique en faisant savoir que l'ancien Premier ministre a cherché à la joindre pour s'excuser *« mais qu'elle n'a pas voulu le prendre au téléphone »*, rendant inutiles les tractations engagées en coulisse pour aplanir leur différend. Du coup, la garde des Sceaux, qui n'a jamais été passionnée par le droit constitutionnel, se tient en retrait du dossier. La droite est profondément divisée sur la nécessité de réformer la Constitution. Rassembler le nombre de voix requis devant les deux assemblées réunies en congrès n'est

1. Formule utilisée par Jean-Pierre Raffarin. Le 7 décembre 2008 sur Europe 1, il dénonce la *« chasse à Rachida »*.

pas chose aisée. L'Élysée décrète la mobilisation générale. Nicolas Sarkozy s'implique personnellement dans les négociations pour convaincre un à un les récalcitrants. Au fur et à mesure qu'approche le jour fatidique, la voix vaut de plus en plus cher. Tous les responsables de la majorité négocient pied à pied, font les comptes chaque soir. Tous, sauf un ou plutôt une : Rachida Dati. Provocation délibérée ou inconscience, la ministre de la Justice qui doit siéger de longues heures sur les bancs du gouvernement, trompe son ennui en se faisant apporter des magazines *people* qu'elle lit en cachette. Elle s'accorde aussi de longues pauses à la buvette de l'Assemblée, au grand dam des députés. Sa décontraction détonne avec la gravité des enjeux. Lorsqu'elle prend la parole pour défendre une disposition de la loi, elle le fait sans envie. Comme cette nuit où les députés de droite et de gauche votent ensemble l'inscription de la parité hommes-femmes dans la Constitution, en dépit des réticences de la ministre de la Justice. Fait inhabituel, sur un amendement suivant, elle est interrompue par Bernard Accoyer. *« Non, madame, tout le monde suit le texte depuis le début, on ne va pas reprendre dix fois les mêmes explications ! »*, tonne le président de l'Assemblée alors que la garde des Sceaux entame son argumentation. Le 21 juillet 2008, la réforme des institutions est adoptée avec une voix d'avance. Le seuil des trois cinquièmes des votes des parlementaires réunis en congrès à Versailles est franchi de justesse. Cinq cent trente-sept députés et sénateurs ont approuvé le texte contre trois cent cinquante-sept qui l'ont rejeté. Un *« Oh »* de surprise accueille ce bilan avant que les élus de la majorité ne se lèvent et n'applaudissent. Aussitôt après la proclamation des résultats, conformément à la tradition républicaine, Rachida Dati appose le sceau officiel sur la Constitution modifiée. Rentré de Dublin, Nicolas Sarkozy réunit les parlementaires à l'Élysée pour fêter *« cette victoire de la démocratie »*. À la tribune, le président rend hommage à l'équipe qui a permis de faire adopter cette réforme : Bernard Accoyer, Jean-François Copé, Roger Karoutchi, entre autres, sont cités. Pas un mot sur Rachida Dati. Elle n'est même pas invitée à monter sur l'estrade. Durant le cocktail, le président ne lui accorde pas le moindre regard. Belle-Amie essaie, en vain, de se frayer une place dans le cercle d'élus entourant Nicolas Sarkozy. Comme un malheur ne vient jamais seul, la brouille avec Édouard Balladur au sujet de la réforme de la Constitution provoque un grave dégât collatéral pour Rachida Dati. Sa tentative de raid sur la fédération UMP de Paris destinée à baliser sa route vers la mairie pour 2014 échoue lamentablement. Pourtant, les choses s'étaient plutôt bien présentées.

Flash-back sur les élections municipales de mars 2008.

Nicolas Sarkozy insiste auprès du président de la fédération UMP de Paris, Philippe Goujon, pour que l'on déniche un point de chute à sa ministre de la Justice. Cette dernière refuse un premier ticket dans le Ve arrondissement où l'on aimerait l'associer au fils de Jean Tibéri. *« Pas assez sûr »*, estime-t-elle. Fort bien. Le chef de l'État entre alors en scène. *« Tu vas aller dans le VIIe. On va t'imposer là où on ne t'attend pas. »* Investie, selon le vœu présidentiel, par le parti, Rachida Dati commence par se domicilier dans le VIIe, à l'adresse de l'hôtel particulier de son amie intime, Loumia Amarsy, la créatrice de la marque de lingerie Princesse Tam Tam[1]. Puis elle construit sa stratégie en s'appuyant sur une ex-RPR implantée dans l'arrondissement, Emmanuelle Dauvergne, et sur quelques jeunes UMP comme Romain Mouton, un proche du secrétaire d'État aux Dom-Tom, Yves Jégo. Réunions d'appartements, visite à l'église et dégustation sur les marchés, la garde des Sceaux tient à montrer qu'elle est en phase avec la bourgeoisie parisienne. La classe politique locale est dubitative, la rue mi-figue mi-raisin. « *Heureusement que nous sommes dans le VIIe parce que partout ailleurs, Rachida se serait ramassée* », confie, désabusée, Michelle Alliot-Marie après une promenade de campagne au côté de sa collègue, rue Cler. MAM a raison, nous sommes dans un arrondissement imperdable et Rachida Dati l'emporte assez facilement. Au lendemain de sa victoire, Belle-Amie veut capitaliser. Elle s'intéresse d'abord au groupe UMP au Conseil de Paris. « *Elle n'avait aucune qualification pour assumer ce rôle,* affirme un membre dudit groupe. *Elle s'en est d'ailleurs elle-même rendu compte rapidement et a laissé la place à Jean-François Lamour.* » En revanche, Philippe Goujon pose sur la table une autre offre susceptible de lui convenir. « *J'ai envie de lâcher la fédé, tu ne veux pas me succéder ?* » Et comment ! Avant de se jeter à l'eau, Rachida Dati soumet cette nouvelle idée à Nicolas Sarkozy qui la teste auprès de Pierre Charon, vice-président du Conseil de Paris. « *Ça aurait de la gueule, non ? T'as qui d'autre, sinon ?* » Pour une fois, Charon n'a pas d'atout dans sa manche. Il renâcle

1. Elle trouvera la mort avec son mari dans les attentats de Bombay le 4 décembre 2008.

quand même : « *Tu sais, Nicolas, il faut savoir organiser une galette des rois, être gentil avec les militants... — Pas de problème, Rachida, ça fera du changement* », conclut le chef de l'État. Un gourou de l'UMP-Paris contracte une alliance avec la garde des Sceaux et lui taille un programme sur mesure. « *Tu dois d'abord voir Balladur. À Paris, son avis est écouté. Ensuite, il faut que tu t'investisses au Conseil de Paris, que tu caresses les élus dans le sens du poil. N'oublie pas que tu es une parachutée...* » L'opération Balladur vire au drame. Dans un premier temps, elle fait convoquer l'ancien Premier ministre place Vendôme, par sa secrétaire. Celui-ci est fou de rage. « *Qui a besoin de l'autre, elle ou moi ?* », feint-il de s'interroger devant quelques proches. Rachida Dati fait porter le chapeau de sa maladresse à sa secrétaire. Finalement, elle se rend au bureau du puissant mentor et évoque différents sujets dont la réforme de la Constitution mais oublie de lui demander son soutien pour Paris ! L'entrevue se révèle donc complètement contre-productive. Non seulement Balladur n'adoube pas sa candidature mais, irrité par son attitude sur la réforme des institutions décrite plus haut, il déconseille à ses amis de lui confier la présidence de l'UMP-Paris. Sans l'appui des balladuriens et, *a fortiori*, des chiraquiens qui lui vouent un mépris total – « *à cause du "bling-bling"*, estime l'un d'eux, *elle ne peut même pas nous aider à reconquérir l'est parisien* » –, les chances de Rachida Dati s'amenuisent considérablement. Constatant que l'assaut de la garde des Sceaux patine, Christine Lagarde manifeste son intérêt pour le job. La presse commence à regarder ce duel entre deux femmes du gouvernement avec gourmandise. Les articles pleuvent sur ce combat de catch féminin qui oppose la grande dame à la crinière cendrée venue des Amériques à la petite brune teigneuse importée du Maghreb... Inquiet de la tournure prise par les événements, Nicolas Sarkozy suggère à Pierre Charon et Jean-François Lamour de convoquer une réunion d'élus parisiens à l'Élysée. « *Je ne veux pas de querelle de ministres* », lance-t-il devant la petite assemblée. Chacun comprend alors que le chef de l'État a tourné casaque. Rachida Dati n'a plus ses faveurs. « *Qu'est-ce qu'on fait, alors?* » demande-t-il, en aparté, à Claude Guéant et à Pierre Charon. Les deux hommes du président en ont déjà discuté ensemble et se sont mis d'accord sur une solution de transition: « *Pour l'instant, mieux vaut garder Goujon.* » Reste à débrancher Rachida Dati qui continue de croire en ses chances alors que tous les voyants sont au rouge. « *Pendant les premiers conseils de Paris auxquels elle a assisté, elle n'a pas arrêté d'envoyer des SMS et de feuilleter les journaux,* se désole l'un de ses proches. *On l'avait pourtant avertie.* » Une fois encore, c'est Pierre Charon qui est chargé de l'ingrate besogne. « *C'est un vote à bulletins secrets,* explique-t-il à la candidate à la candidature. *Toutes les haines vont ressortir et tu vas être laminée. Pour l'Hôtel de Ville, en 2014, rien ne presse.* » Sauf qu'un certain François Fillon a signalé aux uns et aux autres qu'il n'est pas insensible aux sirènes parisiennes. Son club, France.9, où se retrouvent régulièrement ses amis politiques, a engagé un maillage méthodique de la capitale. Pour Belle-Amie à qui tout avait réussi jusque-là, Paris est synonyme de premier échec.

Aux noms du père

« Je sais qui est le père de l'enfant de Rachida Dati... C'est un membre du gouvernement ! » Une sortie tout en finesse de Nicolas Sarkozy, de passage au déjeuner des femmes ministres offert par Michelle Alliot-Marie, le 10 septembre 2008. Le chef de l'État a-t-il voulu faire la démonstration de son sens de l'humour inoxydable ? A-t-il cherché à se divertir en mettant sa garde des Sceaux dans l'embarras ? Connaissait-il, à ce moment-là, le secret le mieux gardé de France avec le code nucléaire ? Cette phrase lâchée sur le ton de la boutade traduit une seule chose : le « nom du père » est devenu un sujet de conversation national. Et quand un sujet passionne les Français, Nicolas Sarkozy n'est pas du genre à rester en retrait.

Tout concourt à ce que cette grossesse prenne une tournure explosive. D'abord, la future maman, depuis son entrée en politique, transforme ce qu'elle touche en bulle médiatique. Enceinte à quarante-deux ans, elle a instantanément mis en émoi la presse *people*. Ensuite, Rachida Dati n'a pas de compagnon officiel. L'événement de sa grossesse tardive s'épaissit donc d'un mystère entretenu par la principale intéressée.

Enfin, la plupart des pères putatifs cités, notamment dans la presse étrangère, exhalent un parfum de « bling-bling » qui colle à la peau de Belle-Amie. Ajoutons que même les plus sérieux commentateurs de la chose publique ne peuvent s'exonérer d'une analyse stratégique de l'événement autour du thème suivant : sa grossesse est-elle bonne pour Rachida Dati ? Accessoirement, la protège-t-elle d'une éviction du gouvernement ou, au contraire, la fragilise-t-elle dans l'atmosphère déjà très délétère qui enveloppe la place Vendôme ?

Avant d'aborder cet aspect du dossier, revenons sur sa chronologie. Les médias subodorent l'improbable au cours de l'été 2008. Les questions sur un ventre légèrement bombé et une poitrine plus opulente qu'à l'accoutumée fleurissent dans quelques journaux et, plus encore, dans les dîners parisiens. De questions badines, on passe rapidement à la rumeur qui s'invite jusqu'au Conseil des ministres. Un mercredi, Nadine Morano, qui vient de communiquer sur l'adoption, lit un petit mot que lui a glissé la garde des Sceaux : *« Tu aurais pu dire dans ton intervention "mon amie Rachida". »* La secrétaire d'État à la famille qui n'a pas son stylo dans sa poche lui répond par le même canal : *« Mon amie Rachida, je tiens à te féliciter. Selon les observations des journalistes, tes seins ont doublé de volume. Bravo pour ta contribution à la natalité française. »* Valérie Pécresse qui a vu passer les billets est hilare. Rachida Dati, qui ne perd pas le nord, répond : *« Tu n'as qu'à m'utiliser pour la promotion de ta politique familiale ! »*

Plus sérieusement, la rumeur prend une telle ampleur qu'une prise de position publique de Rachida

Dati semble inéluctable. Mais que dire ? À qui ? Et sur quel ton ? Autant d'interrogations qui affolent un peu la ministre. Mis dans la confidence, le président de la République, qui a une fois de plus recours à son copain Pierre Charon pour les opérations délicates, lui demande de s'impliquer. Pour le conseiller très particulier du chef de l'État, c'est mission impensable ! Comment celui que Rachida Dati considère comme l'un de ses ennemis les plus irréductibles, pourrait-il enfiler le costume du communicant de crise ? À dire vrai, Nicolas Sarkozy ne leur laisse pas le choix. Le 1er août, un déjeuner de cadrage est organisé chez Guy Savoy. Chacun vide son sac.

« *Tu écoutes ce que j'ai à te dire,* entame Pierre Charon, *et tu acceptes que je te parle comme tu parles. Maintenant, soit tu quittes la table, soit tu restes et on négocie.*

— *Et qu'as-tu à me reprocher ?* », interroge Rachida Dati.

La discussion est orageuse. Les maîtres d'hôtel du célèbre établissement n'osent plus pénétrer dans le petit salon. À l'heure du pousse-café, l'idée d'un contrat à durée déterminée émerge de la discussion.

« *Je veux un geste fort,* dit l'homme de l'Élysée.

— *À quoi tu penses ?* répond Rachida Dati.

— *Je ne pourrais pas collaborer avec ton actuelle chargée de communication, Laurence Lasserre. Elle m'a fait trop de mal.*

— *OK, je lui demande de partir.* »

Quelques jours après cette rencontre, Laurence Lasserre annonce son départ de la chancellerie. Pour autant, doit-on en déduire que Rachida Dati a donné la tête de son attachée de presse à Pierre Charon en gage de bonne volonté ? Pas sûr. Depuis plusieurs semaines, la jeune femme expliquait à sa patronne qu'elle devrait bientôt la quitter pour accorder plus de place à sa vie privée. Jusqu'ici, la ministre l'avait retenue, satisfaite du travail et de la fidélité de sa collaboratrice, même dans les périodes les plus mouvementées. La demande de Pierre Charon coïncide donc avec une nouvelle aspiration de Laurence Lasserre, ex-épouse d'Arnaud Dassier, fils de Jean-Claude, l'un des dirigeants du groupe TF1.

Quoi qu'il en soit, bluffé par la décision de Belle-Amie et par sa vitesse d'exécution, Charon prend les choses en main. Il négocie avec *Le Point* une interview dans laquelle la garde des Sceaux est censée confirmer sa grossesse et se montrer diserte sur son état d'esprit du moment. L'entretien se réduira à un article nourri de quelques propos sibyllins de Rachida Dati. « *Dans mon parcours de femme, j'ai eu tellement d'expériences douloureuses relatives à la maternité, et je n'ai plus vingt-cinq ans* », confie-t-elle. Plus loin, elle ajoute : « *Bien sûr, ce serait le plus beau moment de ma vie.* » Cette petite phrase au conditionnel publiée le 4 septembre dans l'hebdomadaire est précédée d'articles de presse et de chroniques radio sur le même thème. À l'insu de son nouveau coach pourtant investi par le président lui-même, la ministre de la Justice a, en effet, convié quelques journalistes triés sur le volet à un petit déjeuner informel aux répercussions en cascade. Charon estime que le pacte moral signé avec Belle-Amie est déjà piétiné. « *C'est Laurence Lasserre qui avait prévu cette réunion il y a longtemps* », se défend Rachida Dati. Sans convaincre.

Lors de ce tour d'horizon « off », elle se livre un peu plus. « *Je veux rester prudente car ce n'est pas consolidé,* dit-elle. *Je suis encore dans une zone à risques. J'ai quarante-deux ans. Si c'est consolidé, je serais heureuse et j'aurais l'impression d'avoir bouclé la boucle. Sinon, j'en serais très chagrinée, mais je mettrais du rouge à lèvres là-dessus et je porterais ce sac toute seule*[1]. » D'ellipse en métaphore, Belle-Amie reste floue. On sent néanmoins dans ses propos un puissant désir d'enfant, confirmé par cette confidence faite à Michèle Alliot-Marie quelques semaines plus tard : « *De toute manière, si je n'étais pas tombée enceinte, j'aurais adopté un enfant.* » Sur l'identité du père, elle se limite à concéder que sa vie privée est « *compliquée* ». Et encore, elle rectifiera par la suite la retranscription de ses propos. Son nouveau conseiller en communication, Pierre-Yves Bournazel, placé là par Pierre Charon, précise ainsi la pensée de la ministre : « *Elle n'a jamais parlé d'un quelconque état personnel. Un exemple : elle n'a jamais dit "J'ai une vie privée compliquée" mais "La vie est compliquée".* » Compliqué, effectivement.

Ces premières confessions ne permettent donc pas de lever le voile sur le secret qui captive les Français en cette fin d'été 2008 : qui sera l'heureux papa ? La folie se propage sur la Toile. Mauvaises blagues, sites de pronostics, allusions douteuses, tout y passe. Des noms circulent dans la capitale, avec plus ou moins d'insistance. On parle de Dominique Desseigne, riche et élégant président du groupe Barrière, ami personnel du chef de l'État. Le profil de ce dandy très courtisé séduit les *happy few*. On sait qu'il a rencontré la garde des Sceaux et qu'il a pour elle une sincère affection. Son service de presse est du jour au lendemain débordé

1. lemonde.fr

par les demandes d'interviews. L'intéressé, dans un sursaut de lucidité, lance un jour devant ses collaborateurs : *« Je ne vais quand même pas embaucher une attachée de presse pour gérer ces âneries ! »* Le nom de l'animateur de télévision Arthur revient aussi. Encore un proche du chef de l'État, encore un playboy riche, influent et depuis peu, disponible. On l'a vu quelquefois en public avec la ministre, parler, rire, parfois s'effleurer. Comme à la Biennale des antiquaires où ils s'afficheront côte à côte, sans complexe, offerts aux dizaines d'objectifs des photographes attirés par l'éclat des paillettes.

Et puis, jaillit un nom inattendu dans une liste qu'on imaginait hexagonale : celui de José Maria Aznar, l'ancien Premier ministre espagnol ! Cette intrusion suscite une telle surprise qu'elle en semble plus consistante. Un site d'informations marocain, l'observateur.ma, confirme, citant *« des sources dignes de foi »*. Les premiers à rebondir sur cette fuite sont les médias espagnols. Telecinco présente, plein écran, les visages des deux protagonistes et revient sur un dîner qui a eu lieu le 19 décembre 2007 au Bristol. Ce soir-là, se retrouvaient entre autres Nicolas Sarkozy et Carla Bruni, José Maria Aznar, François Fillon, le chanteur de charme Julio Iglesias et Belle-Amie. Le coup de foudre entre ces deux tempéraments méditerranéens n'aurait pas échappé aux convives. Un autre média ibérique, *Estrella Digital*, croit savoir que *« quinze jours plus tard, José Maria Aznar dînait à nouveau avec Rachida Dati, cette fois en tête-à-tête, chez Le Divellec »*. La presse française relaie la rumeur en se parant d'une foule de précautions. L'article le plus détaillé est publié par l'hebdomadaire *Point de Vue*, naguère spécialisé dans les têtes couronnées mais qui, depuis l'élection d'un certain

Nicolas Sarkozy, placarde des hommes et femmes politiques à la une, quand ce n'est pas leurs conjoints.

Nouveau coup de théâtre – de boulevard assurément –, Aznar dément officiellement : *« Il s'agit d'une totale et complète contre-vérité. »* Et d'avertir qu'il a demandé à ses avocats d'étudier *« toutes les actions légales contre ceux qui ont répandu de tels mensonges et ceux qui s'en feraient l'écho »*. Quelques mois auparavant, lorsque les journaux transpyrénéens avaient évoqué la crise du couple qu'il forme avec Ana Botella, l'ancien chef du gouvernement espagnol avait brandi les mêmes menaces[1]. De son côté, le directeur du site marocain, Ahmed Charai, maintient « l'information » sans ciller. A-t-il raison de se montrer aussi catégorique ? En tout cas, plusieurs éléments concordants ont pu l'induire dans cette direction. À commencer par l'attitude de Belle-Amie elle-même. Qui confie à plusieurs proches, dont certains conseillers de l'Élysée, *« vivre une belle histoire »* avec Aznar. Elle a montré des SMS enflammés de l'Espagnol, relaté des escapades dans des grands hôtels, londoniens de préférence, où les tourtereaux se seraient retrouvés à l'abri des regards indiscrets et des paparazzi. Surtout, elle a assuré au chef de l'État qui lui a posé la question à sa manière, franche et sans détours, que l'enfant qu'elle porte est bien de José Maria Aznar. Mentirait-elle à Nicolas Sarkozy sur un sujet aussi personnel ? Risqué. Mais alors, pourquoi un démenti formel de l'intéressé ? Selon une source au sommet de l'État, Aznar l'aurait diffusé pour

1. La chaîne espagnole Telecinco a été condamnée fin 2008 à une forte amende pour avoir diffusé dans l'une de ses émissions *« des fausses informations sur le divorce de José Maria Aznar »*.

protéger la ministre française de l'ETA qui menace toujours sa famille, des années après l'attentat de Madrid attribué à tort à l'organisation séparatiste par celui qui exerçait alors la responsabilité de chef du gouvernement espagnol ! Le communiqué aurait été envoyé en accord avec Belle-Amie et les termes en auraient été négociés avec ses conseils. Des mauvaises langues penchent pour une seconde hypothèse. « *Aznar n'a pas renoncé à tenter un* come-back *politique,* affirme un observateur proche de Nicolas Sarkozy. *Son électorat catholique et traditionnel n'apprécierait pas qu'il quitte son épouse pour se mettre en ménage avec une musulmane française d'origine maghrébine...* » Malgré le démenti de l'ancien chef du gouvernement espagnol, pour l'Élysée, Aznar conserve les faveurs du pronostic. À la mi-décembre 2008, une indiscrétion reprise sur plusieurs sites Internet validera d'ailleurs l'intuition des proches du président. Les services secrets marocains détiendraient des preuves de la paternité de l'ancien numéro un espagnol, surveillé par Rabat car considéré comme un ennemi du royaume chérifien.

En attendant, le démenti de José Maria Aznar éteint provisoirement l'incendie. Le concert des bruits en tout genre reprend donc son cours. Les noms des secrétaires d'État Bernard Laporte et Éric Besson sont cités dans la presse, notamment parce que les deux hommes démentent publiquement eux aussi ! Laporte et Dati se connaissent bien. Il leur est arrivé de courir ensemble. Lors de la dernière *garden-party* à l'Élysée, leur complicité a été saisie par une caméra discrète. Une vidéo les montrant en train de plaisanter comme des gosses dans les jardins de l'Élysée a été visionnée des milliers de fois. Ce clip a mis le feu aux poudres. L'ancien coach de l'équipe de France de rugby ne fait pas dans le détail. À la fin de son discours de clôture de la journée « Vivre le sport, vive l'Europe » sur l'esplanade du Champ-de-Mars, il déclare qu'il *« n'est pas le père de l'enfant que porte Rachida Dati »*. L'assistance se demande ce que vient faire cette mise au point impromptue dans une célébration consacrée aux champions des vingt-sept pays de l'Union européenne.

Présente ce jour-là en qualité de maire du VIIe arrondissement, où se déroule la manifestation, la ministre de la Justice étouffe un rire nerveux. Si bien qu'on ne comprend plus trop le sens de l'intervention de Laporte. S'agit-il d'une plaisanterie au goût douteux ou d'une réelle mise au point? Dans les jours qui suivent, Rachida Dati fait savoir, *via* quelques indiscrétions savamment distillées, qu'elle a été blessée par la sortie de son collègue du gouvernement mais qu'elle s'est efforcée de faire bonne figure en public. De son côté, Bernard Laporte justifie tant bien que mal son acte, notamment en mettant en avant ses enfants. Invité à réagir sur le plateau du « Grand Journal », sur Canal +, Bernard-Henri Lévy, éditeur de Rachida Dati, s'indigne d'une telle vulgarité et qualifie en direct Bernard Laporte de *« porc »*. Le secrétaire d'État aux Sports, secoué par l'injure, l'appelle le lendemain, chez lui, sur sa ligne privée. Devant la tristesse manifestée par l'ami du chef de l'État qui invoque là encore la peine de ses enfants, l'homme de lettres accepte de retirer ce *« porc »* qui lui a échappé mais n'atténue pas le fond de son intervention. Éric Besson, lui, fait preuve d'un humour plus *british* dans *VSD*. *« J'ai entendu cela,* dit-il. *Rachida est une amie, l'enquête préliminaire demandée par la garde des Sceaux devrait m'innocenter très vite*[1]*...* »

Sur Internet, le jeu de « Qui est le père? » est supplanté par celui de « Qui n'est pas le père? ». Invitée principale de « À vous de juger » sur France 2 le 16 octobre, Rachida Dati va-t-elle enfin jouer cartes sur table? Elle s'est préparée à toutes les questions, même les plus intrusives, avec son nouveau gourou Pierre Charon. « *Elle n'arrêtait pas de grignoter des biscuits, de se lever,* raconte un membre du cabinet à l'Élysée. *Pierre n'a pas cessé de lui demander de se concentrer pendant le* media training. » Face à Arlette Chabot, elle tient à rester debout comme n'importe quel autre invité, alors que la journaliste lui a proposé de s'asseoir confortablement. La directrice de la rédaction de France 2, qui n'a pas un goût immodéré pour la « pipolisation » de la vie politique, doit pourtant s'aventurer sur ce terrain : les démentis d'hommes publics divers et variés ont rendu cette actualité incontournable. Déterminée à ne pas s'étendre, Rachida Dati susurre quand même une information qui ne passe pas inaperçue. « *Je ne suis pas seule* », lâche la ministre de la Justice, sur la défensive pendant toute la séquence, et même mal à l'aise lorsqu'elle est sommée de réagir à une couverture de *Paris Match* pour laquelle elle a accepté de poser en robe Dior. Elle se montrera plus à son affaire dans la deuxième partie de l'émission où elle débattra d'égal à égal avec la socialiste Élisabeth Guigou, garde des Sceaux avant 2002.

Sur un plan plus personnel, la grossesse de Belle-Amie l'amène à une étrange marche arrière. Après

1. 1er octobre 2008.

avoir rompu brutalement avec Richard et Cécilia Attias pour ne pas déplaire au président de la République, Rachida Dati ébauche une tentative de rapprochement. Dès la fin mai 2008, en effet, alors qu'elle sait depuis peu qu'elle attend un enfant, elle entre en contact avec l'ex-épouse du publicitaire, Emmanuelle Hoffmann-Attias, avocate spécialisée dans la défense des marques. Dans son bureau de la place Vendôme, la garde des Sceaux pèse chaque mot. « *Je voudrais renouer avec Richard et Cécilia*, dit-elle. *Je regrette sincèrement tout ce qui s'est passé mais il faut me comprendre. Je n'étais pas dans une situation facile. Pouvez-vous être ma messagère auprès d'eux?* » Surprise dans un premier temps, l'avocate se reprend: « *Je ne crois pas être la personne la mieux placée pour ce genre d'intervention.* » Quelques semaines plus tard, Rachida prend son courage à deux mains et rédige un long SMS l'informant de sa grossesse à l'intention de Cécilia. Celle-ci se limite à un seul mot pour lui répondre: « *Félicitations* ». La correspondance ne se prolongera pas au-delà de cet aller-retour. Lorsque Jeanne-Marie, la fille cadette de Cécilia, accouche quelque temps après, Rachida Dati, qui est pourtant sa marraine de cœur, ne se manifeste pas. Pourquoi Belle-Amie a-t-elle songé à se rabibocher avec l'ex-épouse du président alors que ce dernier lui a ordonné de rompre définitivement? Qu'a-t-elle à gagner dans cette opération, sinon des ennuis avec l'Élysée? Un proche de la ministre de la Justice émet cette hypothèse: « *Dans cette aventure, Rachida se sent très seule. Elle sera entourée par sa famille pour éduquer l'enfant dès la naissance, mais pour affronter le regard des autres, s'habiller, commu-*

niquer, elle ne savait pas à qui demander conseil. Cécilia pouvait être précieuse. »

De toute façon, Cécilia passe désormais le plus clair de son temps à Dubaï et se coupe volontairement du vacarme parisien pour se protéger. Belle-Amie, elle, se rend souvent dans un autre émirat devenu le partenaire privilégié de la France, le Qatar. Une image forte symbolise cette union où l'on voit côte à côte et hilares, le président français et cheikh Hamad ben Khalifa el-Thani, le jour du défilé du 14 juillet 2007 sur les Champs-Élysées. Quelques semaines auparavant, l'émir avait déjà été le premier chef d'État étranger reçu par Nicolas Sarkozy, à peine élu. Une visite vraisemblablement précipitée pour préparer la médiation du Qatari auprès de la Libye en vue d'obtenir la libération des infirmières bulgares. Rachida Dati a, parallèlement, jeté sa propre passerelle vers Doha. Le 28 avril 2008, elle participe à une conférence régionale dans la capitale qatarie au cours de laquelle elle prononce un discours extrêmement élogieux sur le pays hôte. « *C'est pour moi un immense honneur d'être à Doha pour cette conférence régionale sur la justice dans le monde arabe* », dit-elle en guise d'introduction. Dans cette allocution, elle félicite plusieurs fois le procureur général du Qatar, Ali Bin Fetais Al Marri, l'un des plus hauts dignitaires de l'État. « *Vous le voyez,* lance-t-elle en s'adressant directement à lui, *en quelques mois, grâce à votre courage et à votre détermination et nos échanges fréquents, nous mettons en place une équipe, un projet* », celui d'établir un secrétariat permanent de la conférence pour « *répondre aux menaces que font peser sur nos sociétés des fléaux comme le terrorisme et la criminalité organisée* ». Des échanges très fréquents, aurait-elle pu dire. Car Rachida Dati est devenue une habituée des allers-retours Paris-Doha, jusqu'à trois fois par mois, généralement le week-end. Et quand, à partir de décembre 2008, proche du terme de sa grossesse, il lui est conseillé de moins prendre l'avion, c'est le haut magistrat qatari qui vient à Paris. *« Elle entretient une amitié étroite et régulière avec le procureur général du Qatar »*, confirme une source au sommet de l'État. L'intensité de sa relation avec Ali Al Marri – ça ne s'invente pas… – est commentée en des termes peu équivoques par un ancien ministre lors d'un dîner parisien. *« Je sais qui est le père de l'enfant de Rachida,* lance cet homme politique français très implanté dans les émirats, *c'est le procureur de Doha ! »* Cette rumeur-là ne se propage pas sur le Net et ne franchit pas le muret qui sépare les initiés du grand public. Elle mérite pourtant qu'on s'y attarde.

Le *curriculum vitae* du numéro deux du Qatar vaut, par exemple, d'être parcouru. On y apprend que Ali Bin Fetais Al Marri, quarante-trois ans – exactement le même âge que Rachida Dati – a suivi un cursus universitaire de droit international à la Sorbonne validé par un doctorat obtenu en 1997. Il est donc parfaitement francophone. Petit de taille, la moustache fine, le teint hâlé, l'homme est connu de nos services diplomatiques pour être *« un grand francophile qui n'hésite pas à user de son charme pour parvenir à ses fins »*. Selon une source élyséenne, Belle-Amie a insisté *« à plusieurs reprises auprès du président de la République pour qu'il reçoive personnellement le procureur général du Qatar »*. Nicolas Sarkozy a fini par lui accorder une audience, *« surtout pour faire plaisir à la ministre de la*

Justice ». Lors de ses séjours parisiens, Ali Al Marri invite Rachida Dati à dîner dans les salons privés du célèbre restaurant gastronomique Guy Savoy, un des établissements appréciés du chef de l'État.

À cette époque, plusieurs sources concordantes et dignes de foi nous incitent à prendre très au sérieux cette relation. « *La date de l'accouchement, huit mois et quelques jours après le voyage officiel de Rachida à Doha, correspond parfaitement*, confie un proche du chef de l'État. *De surcroît, les bagues Chaumet et Cartier en or et diamants à plusieurs milliers d'euros, son excellence aurait les moyens de les lui payer.* » Le prénom que Rachida Dati a choisi pour sa fille, Zohra, qui est l'un des patronymes d'une fille du prophète Mahomet, pourrait aussi être interprété comme un geste à l'égard de ce musulman observant. « *On comprend aussi pourquoi elle ne révélerait pas le nom du père de son enfant s'il s'agissait bien de lui*, poursuit ce conseiller élyséen. *Le Qatar où il occupe une position éminente applique la charia, la loi islamique.* »

Alors, Aznar ou Al Marri? Dans le premier cercle élyséen, où l'on suit cette affaire de très près, certains confient, en tout cas, leur certitude que l'ancien Premier ministre espagnol a servi de leurre – y compris auprès de Nicolas Sarkozy! – pour dissimuler la véritable identité du papa de la petite Zohra.

À mesure que l'on avance dans cet automne marqué par la crise financière mondiale et la crise politique du parti socialiste, la grossesse de Rachida Dati recule dans la hiérarchie des préoccupations des Français. Elle recule d'autant plus que la ministre fait assez habilement oublier son état, notamment en multipliant les déplacements sur le terrain. « *Elle a cette qualité qu'ont souvent les grands fauves politiques comme Chirac ou Sarkozy, c'est une force de la nature »*, confie, admiratif, Pierre-Yves Bournazel. Sans mollir, elle affronte aussi les différentes administrations sous sa tutelle dont les critiques ne l'épargnent pas, en dépit des circonstances. Comme si ses détracteurs cherchaient à la faire craquer à tout prix avant son accouchement, la maternité risquant de lui conférer une immunité gouvernementale pendant quelques mois au moins. À l'Élysée, la majorité du cabinet, Patrick Ouart en tête, pense qu'il est temps d'apaiser la relation avec les magistrats. Le pari n'est pas gagné, loin s'en faut. Le 17 octobre, la garde des Sceaux inflige un nouveau camouflet à l'Union syndicale des magistrats en annulant à la dernière minute une visite à Clermont-Ferrand, au congrès d'intronisation de son nouveau président, Christophe Régnard. Son porte-parole, Guillaume Didier, invoque une « urgence » : *« La ministre a dû renoncer à son déplacement au congrès de l'USM en raison de l'actualité, notamment les suicides des mineurs. »* Pour calmer la furie des dirigeants de l'USM, le président de la République propose de les recevoir le 27 octobre. Nicolas Sarkozy hésite : Rachida Dati doit-elle participer à la réunion ? Son entourage se partage entre ceux qui s'opposent à une présence source de tensions et ceux qui défendent un avis contraire. *« Tant que Dati est ministre de la Justice, on ne peut pas l'exclure de ce genre de rendez-vous »*, estime un conseiller du chef de l'État. Tel le roi Salomon, le président Sarkozy coupe la poire en deux. Pour la première partie de la discussion, il ne sera assisté que de son conseiller Patrick Ouart. Rachida Dati rejoindra le groupe pour la seconde partie. Ce *timing* est perçu par les observateurs comme une humiliation, voire un abandon en règle du chef de l'État. La veille, la garde des Sceaux essaie de minimiser la portée de l'événement. « *Qu'y a-t-il d'anormal à ce que le président de la République reçoive le premier syndicat de magistrats ? Nicolas Sarkozy s'implique fortement dans toutes les réformes du gouvernement.* [...] *À ma connaissance, on ne dit jamais qu'un ministre est affaibli quand le président reçoit les représentants des enseignants, des salariés, des entreprises, des étudiants*[1]. » Si, justement, et surtout quand il le fait en pleine crise, quatre jours après une manifestation desdits représentants où le nom du ministre de tutelle a été hué. Un magistrat qui a suivi les préparatifs de ce sommet inédit sous Nicolas Sarkozy tempère cependant la violence de certains commentaires. « *On avait convoqué Rachida Dati à une heure précise à l'Élysée, elle est arrivée sur place quinze minutes avant,* explique-t-il. *Du coup, elle a dû patienter dans l'antichambre avant d'être appelée. Ce cafouillage a aggravé son cas.* »

Malgré les couacs à répétition avec les magistrats, les personnels pénitentiaires, les avocats, ses collègues du gouvernement au premier rang desquels Brice Hortefeux, certains collaborateurs du chef de l'État comme Patrick Ouart, une partie de la presse et même au sein de son propre cabinet où les colères n'ont pas disparu, la beurette de Chalon ne désespère pas. La fin de l'année et la trêve des confiseurs ne sont plus si éloignées ; après, il y aura le congé maternité, la séquence heureuse de la naissance de sa fille. L'occasion de se refaire une santé sur le plan

1. *JDD*, 26 octobre 2008.

de l'image et de la popularité qui demeurent les deux piliers de sa charpente politique. Le 2 janvier 2009, à la clinique de la Muette, dans le XVIe arrondissement, Rachida Dati a donné naissance à une petite Zohra, un prénom arabe traditionnel qui peut se traduire en français par « la fleur », mais aussi par « la chanceuse ». Un accouchement est pour toute femme une libération. Pour Belle-Amie, il pourrait aussi être une deuxième chance.

Du G7 au G2

L'avion de Brest vient à peine de décoller pour Paris. Rachida Dati branche un magnétophone avec deux enceintes. *« Allez ! Avec moi, dans les voyages, on chante ! »* La garde des Sceaux est accompagnée de Nathalie Kosciusko-Morizet, surnommée NKM, avec laquelle elle multiplie les visites dans les quartiers populaires. Le vol ministériel se transforme en karaoké volant au rythme des succès de Claude François et Mike Brant. Les chants et les rires emplissent la cabine.

« Mets "Raspoutine" de Boney M, j'adore ! », s'enhardit la secrétaire d'État à l'Écologie. Belle-Amie, en ce début d'automne, chaparde quelques moments de bonheur. Cernée, vilipendée, la garde des Sceaux repart en campagne contre ceux qui ont juré sa perte. L'enfant qu'elle porte lui redonne de l'énergie et sa nouvelle amie, qu'elle ne quitte plus, une confiance retrouvée dans son pouvoir de séduction.

Leur association est la nouveauté du deuxième semestre de l'année 2008.

De prime abord, rien ne semble les rapprocher. D'un côté, Nathalie Kosciusko-Morizet est petite-fille de diplomate et fille d'un élu. Intello, diplômée de Polytechnique, amoureuse des concepts et des concerts de lyre, son visage évanescent semble sortir tout droit d'un tableau anglais du XIXe siècle. De l'autre, la fille des cités possède la beauté brûlante des femmes du Sud. Les ambassadeurs et les hommes politiques ne peuplent pas sa lignée. Et elle ne fréquente pas les librairies mais lit dans l'âme humaine comme dans un livre ouvert.

Un examen plus approfondi montre pourtant que les deux femmes se ressemblent plus qu'on ne l'imagine. Ambitieuses et anticonformistes, Rachida Dati et Nathalie Kosciusko-Morizet s'entendent à bousculer les codes d'un monde politique qu'elles trouvent compassé, voire dépassé. Rachida Dati et NKM prétendent d'ailleurs incarner le paradoxe du sarkozysme : la bourgeoise est maire d'une ville populaire aux portes de Paris, Longjumeau ; la beurette est le premier magistrat de l'arrondissement le plus bourgeois et conservateur de la capitale, le VIIe arrondissement. Toutes deux ont le goût des jeux politiciens et se découvrent des atomes crochus dans une équipe ministérielle où elles n'ont guère noué d'amitiés. *« Avec elle, la vie est pimentée, agréable, on ne s'ennuie jamais »*, dit NKM de Rachida Dati qui révèle à la bûcheuse la vie nocturne de Paris. Depuis quelques mois, les rencontres privées se succèdent entre les deux femmes. Belle-Amie est un oiseau de nuit qui n'hésite pas à téléphoner à dix heures du soir à la jeune maman débordée, au terme d'une journée au bureau. *« Viens, on sort. »* Un soir, Rachida Dati tardivement attablée devant une montagne de frites mayonnaise dans une brasserie branchée confie à NKM ses impressions et ses fringales de femme enceinte. Elles opinent en chœur et s'esclaffent comme des gamines : *« En tout cas, il faut arrêter les frites ! »*

Il arrive également que Belle-Amie organise des soirées au ministère où elle invite au débotté ses amis du show business comme Faudel et Arthur. NKM est épatée par tant de fantaisie et d'entregent. Bien qu'issues des deux extrémités de l'échelle sociale, elles partagent quelques valeurs existentielles. « *Derrière les discours convenus sur l'engagement politique, les femmes du gouvernement vivent une histoire à part,* estime Nathalie Kosciusko-Morizet. *Elles se jaugent et s'opposent sur des critères précis mais tacites : la force de séduction, la maternité. C'est une grille d'analyse essentielle. Les hommes ministres sont à des années-lumière de comprendre ça*[1]. »

Du tréfonds de leur roman familial, NKM et Belle-Amie écoutent résonner le même écho d'un héritage singulier. Chez l'une, une alliance entre la grande bourgeoisie catholique française et une famille communiste juive. Chez l'autre, une tribu orientale élevée dans le souvenir d'une mère disparue, avec un père muré dans le chagrin. Aujourd'hui, toutes deux évoquent joyeusement les souvenirs des « *nouilles pour Noël* », la « *solitude de l'adolescence* », *les* « *austères présents familiaux* » pour les grandes circonstances. C'est cette complicité qu'elles affichent fièrement. Redoutablement calculatrices, elles se jaugent avec une lucidité saupoudrée d'un soupçon de cynisme : « *Tu as la notoriété, j'ai la compétence en matière d'environnement,* dit NKM à Rachida Dati. *On est modernes, on peut se nourrir mutuellement.* »

Leur pacte scellé, elles entament une tournée dans les cités et les quartiers populaires. À Argenteuil, sur la

---

1. Propos recueillis par les auteurs.

fameuse dalle où Nicolas Sarkozy n'a pas remis les pieds depuis 2005, leur visite prend des allures de promenade sur la Croisette. Caméras, photographes, autographes... Nathalie Kosciusko-Morizet revient impressionnée et un brin jalouse de la puissance médiatique de Belle-Amie qui a trouvé la martingale pour tenter de maintenir au sommet sa cote de popularité. La curiosité à son endroit est décuplée depuis l'annonce de sa future maternité. *« On s'embêtait dans nos visites avec tous ces messieurs très gris et très sérieux. Avec Rachida, on vire les préfets des voitures dans le cortège et on parle, on rigole, on vit. »* Les deux femmes passent allègrement des toilettes haute couture aux réunions de copines, assises en tailleur, et échangent des propos souvent très crus. Rachida Dati et Nathalie Kosciusko-Morizet ou « Thelma et Louise » en politique, à l'image de ce tandem mythique du cinéma américain avec ses deux héroïnes embarquées dans un *road movie* endiablé.

Mais leur association ne fait pas l'unanimité. Dans la majorité, des âmes charitables raillent l'alliance improbable de « la factice » (Dati) et de « l'authentique » (NKM). À l'Élysée, le couple est diversement apprécié. Catherine Pégard, conseillère du président Sarkozy, se charge de distiller la bonne parole : elles n'ont rien à gagner dans cette opération qui les éloigne de leur cœur de métier et de l'action politique au sein de l'UMP où NKM occupe des fonctions de secrétaire générale adjointe. Les deux copines négligent ces recommandations et tiennent tête aux entourages. Et, comme un défi supplémentaire, elles décrètent : *« Il y a un G7, nous on a notre G2. »* Une pierre dans le jardin de Nicolas Sarkozy. Pour des raisons différentes,

Rachida Dati et Nathalie Kosciuscko-Morizet n'ont pas apprécié d'être exclues du fameux cénacle des sept ministres préférés de Nicolas Sarkozy : Brice Hortefeux, Xavier Bertrand, Éric Woerth, Luc Chatel, Xavier Darcos, Laurent Wauquiez et Nadine Morano – la seule femme – sont régulièrement réunis en conclave.

Dès la première tenue de cette instance, NKM manifeste son mécontentement d'en être écartée. Rachida Dati accuse aussi le coup mais garde la tête haute, expliquant qu'elle n'a pas besoin de G7 pour s'adresser au président. Il n'empêche que c'est devant ces ministres et secrétaires d'État considérés comme ses meilleurs porte-voix que Nicolas Sarkozy détaille ses réflexions stratégiques, développe ses argumentaires et se livre à son *hobby* préféré : donner son avis sur les membres du gouvernement, notamment ceux qui n'appartiennent pas au club. Le G7 contre le G2. Le binôme NKM-Dati devient une marque qui séduit et agace à la fois. « *Elles ne sont pas au G7, alors elles font la* "jet-set" », grince l'une de leurs collègues. Rachida Dati se moque de ces critiques. « *Nicolas aime ce qu'on fait, il ne faut pas se fier à ce qu'on dit. Et de toute façon, on s'en fout !* », élude-t-elle en éclatant de rire.

Pas si sûr que le président ait apprécié la rentrée médiatique de Rachida Dati. Car, pendant que « Thelma et Louise » pavoisent, les relations avec la Justice se dégradent. Le 19 septembre 2008, devant son G7, Nicolas Sarkozy s'en prend nommément à elle. Le ton est virulent. « *Elle ferait mieux de travailler. On parle plus de sa grossesse que de la politique pénale.* » Surpris par la charge, les sept mercenaires croient comprendre le message : le président lâche sa protégée. Jamais, même au plus fort des précédentes polémiques, ils n'ont entendu Nicolas Sarkozy se plaindre publiquement de Rachida Dati, jusque-là réputée intouchable. Les membres du G7 répandent la nouvelle de la disgrâce. Les partisans de la mise en quarantaine de la garde des Sceaux se frottent les mains. Mais loin de plier devant l'ire présidentielle, Belle-Amie en rajoute dans la provocation. Désormais, lors des réunions du groupe UMP, et sur les bancs du gouvernement, à l'Assemblée, elle rit de manière ostentatoire au côté de NKM. La garde des Sceaux choisit la fuite en avant. Elle s'éloigne de son cabinet qu'elle pense infiltré par l'ennemi et continue à n'en faire qu'à sa tête. Pourtant, la révolte gronde dans les prisons, chez les magistrats, les avocats et *tutti quanti*.

Les nuages s'amoncèlent au-dessus de la tête de Rachida Dati.

L'orage ne va pas tarder à éclater.

La question de la surpopulation pénitentiaire connaît une soudaine acuité dramatique avec la cascade de suicides en détention. Au lendemain de la mort par pendaison d'un adolescent de seize ans à la maison d'arrêt de Metz-Queleu, survenue le 8 octobre 2008, Rachida Dati se rend sur place afin de calmer la grogne qui monte dans les prisons. C'est le quatrième suicide depuis le début de l'année dans cet établissement considéré comme un modèle du genre. Les conditions dans lesquelles la garde des Sceaux a décidé ce déplacement méritent qu'on s'y attarde. À la suite d'une affaire d'homicide dans une prison à Rouen, le chef de l'État convoque une réunion. Outre Claude Guéant, le secrétaire général de l'Élysée, sont présents Patrick Ouart, le conseiller du président pour la justice, Rachida Dati et son directeur de cabinet

Patrick Gérard. La garde des Sceaux encaisse une sévère diatribe de Nicolas Sarkozy qui lui ordonne d'être plus réactive sur ses dossiers. Au cours de cette réunion, on convient que le sujet de préoccupation majeur des gardiens de prison est devenu le suicide, à cause de leur mise en examen possible dans ce type de drame. Un des participants insiste donc sur l'idée de ne pas *« sur-réagir »* après des affaires de ce type car *« les détenus ont compris qu'ils ont là un moyen de pression sur l'administration pénitentiaire avec la menace du recours au suicide »*. Cependant, la garde des Sceaux, échaudée par la colère de Nicolas Sarkozy, décide de se rendre systématiquement dans les prisons après ces décès particulièrement choquants, au grand dam de ceux qui craignent *« l'effet d'émulation »*.

À Metz, Rachida Dati rencontre les personnels surveillants des prisons très en colère. Ils ne cessent de dénoncer les problèmes de surpopulation? Elle réaffirme le travail accompli : *« Je n'ai pas attendu le courrier d'un surveillant pour agir. Ça fait un an qu'on agit. »* Prise d'un excès de zèle, la ministre de la Justice ne s'est pas contentée d'écouter. Elle a demandé le 8 octobre que soit diligentée séance tenante une inspection générale des services judiciaires avec communication des résultats dès le lendemain. L'inspecteur général André Ride mène ses auditions à la prison de Metz dans la nuit, en dehors du cadre légal, selon les syndicats de magistrats. Nombre d'entre eux sont entendus dans ces conditions, ce qui provoque l'émoi des syndicats, même si aucun grief n'est officiellement relevé dans les premières conclusions de l'enquête. Face à cette levée de boucliers, l'inspecteur général rédige un communiqué pour regretter *« la précipitation dans laquelle il a pu agir »* et pour faire savoir à ses pairs que les ordres sont venus d'en haut. Il n'a fait qu'appliquer les instructions de la garde des Sceaux qui exigeait le rapport pour le lendemain.

La série noire continue pour Rachida Dati. De retour à Metz, dix jours plus tard, à la cité judiciaire cette fois, elle est accueillie par des banderoles et des pancartes portant l'inscription : *« Justice bafouée, démocratie en danger »*. Des magistrats, prévenus le matin même de sa visite, refusent de la rencontrer. L'émotion est encore vive après les auditions nocturnes consécutives au suicide à Metz-Queleu. Les syndicats dénoncent les *« pressions »* de Rachida Dati sur le parquet de Sarreguemines, en Moselle. *« Ce boycott est le symbole de la frustration actuelle de la magistrature et du mépris dans lequel elle est tenue »*, affirment les magistrats. Cette affaire continuera de faire boule de neige et débouchera sur une journée d'action nationale et de grèves au cours de laquelle avocats et magistrats défileront ensemble pour stigmatiser le comportement de Rachida Dati.

Au ministère, l'atmosphère est plus lourde que jamais. La garde des Sceaux, enfermée dans son environnement technique, pilote en aveugle. Depuis des mois, elle n'entretient plus aucun contact avec les directeurs des administrations centrales. Au plus mal avec Patrick Gérard, son directeur de cabinet, elle ne le voit guère plus d'une heure par semaine. Depuis qu'il a obtenu sa mutation contre l'avis de la ministre[1], elle l'empêche de quitter son poste et l'insulte ouvertement au ministère et à l'extérieur au point qu'il s'en plaint à

---

1. Il a été nommé recteur de Paris.

l'Élysée. Dans l'attente de son départ, le haut fonctionnaire finira par se mettre en congé de longue maladie pour se soustraire aux foudres de Belle-Amie. Il sera remplacé par François Séners, un énarque, maître des requêtes au Conseil d'État. Quant aux conseillers du cabinet, ils essaient, tant bien que mal, de soutirer à l'administration des informations susceptibles d'intéresser la ministre. Les magistrats n'attendent désormais qu'une seule chose, le départ de la garde des Sceaux, comptant beaucoup sur l'influence de Patrick Ouart, le relais de leur désarroi au plus haut niveau de l'État. *« Je vous demande d'être patients »*, leur répète le conseiller du président après chaque incartade de Rachida Dati.

Le 20 novembre 2008, lors d'un nouveau G7, Nicolas Sarkozy évoque en creux l'attitude de sa garde des Sceaux, sans pour autant l'accabler. Il félicite Xavier Darcos, présent, pour sa fermeté devant les manifestations d'enseignants. *« Face aux réformes dures, il ne faut pas s'affoler, rester sereins, ne pas changer de voie. De toute manière, ce ne sont ni les sondages ni les magistrats qui font les remaniements. »*

Cette fois, les ministres du G7 ne se précipitent pas pour répéter cette phrase de Nicolas Sarkozy restée au fond de leur bloc-notes. Pourtant, ces mots semblent relativiser les critiques formulées lors du G7 de septembre. Le message, cette fois, est à interpréter dans le sens inverse : Nicolas Sarkozy renoue avec une certaine indulgence à l'égard de la garde des Sceaux.

Le tournant a été négocié lors d'une entrevue à La Lanterne, pendant le week-end de la Toussaint avec Rachida Dati, en présence de Carla Bruni-Sarkozy. Le même jour, Michèle Alliot-Marie et Belle-Amie se croisent à la résidence présidentielle. En dépit des malentendus et parfois des heurts qui caractérisent leur relation, les deux femmes se respectent. Même si la ministre de l'Intérieur n'est pas dupe du personnage, elle aurait plaidé, à l'heure du café, pour la réhabilitation de Rachida Dati dans le dispositif présidentiel.

Se sentant à nouveau soutenue par le chef de l'État, la ministre de la Justice se rebelle plus ouvertement contre son cabinet qui la pousse à n'accorder des interviews qu'au compte-gouttes. *« Je crois qu'il y a un moment où l'on n'est plus audible, il faut une période de silence pour se reconstruire »*, préconise d'ailleurs Pierre-Yves Bournazel. Le jeune homme, en quête d'une carrière politique de premier plan, s'efforce de conseiller malgré elle celle qui est réputée pour n'écouter aucun conseil. Lorsque les magistrats lancent une importante pétition contre la garde des Sceaux, fin novembre 2008, la question se pose au sein du cabinet de savoir s'il faut répondre positivement à une proposition d'interview dans *Le Figaro*. Le tour de table est unanime, une expression ministérielle donnerait une publicité excessive à l'action des magistrats. À peine rentrée dans son bureau, Rachida Dati ferme la porte, appelle *Le Figaro* à l'insu de ses proches collaborateurs et donne son feu vert pour un grand entretien. Publiée à la une, la réaction de la garde des Sceaux, bien que mesurée, attise les braises. À l'Élysée, on est atterré devant ce qui est considéré comme *« une faute politique »*.

Sur le plan médiatique, Rachida Dati travaille désormais main dans la main avec une sorte de cabinet *bis*, celui de Nathalie Kosciusko-Morizet. Le dispositif des « virées » en banlieue s'est affiné. Comme son cabinet rechigne à inviter des journalistes dans les déplacements de la ministre avec NKM, Rachida Dati oriente la presse vers les services du secrétariat d'État à l'Écologie. La ministre de la Justice coordonne personnellement ces opérations avec la conseillère en communication de NKM. Une fois dans le train ou dans l'avion, les collaborateurs de la place Vendôme se retrouvent parfois face à face avec les journalistes qu'ils ont rembarrés…

Sur le terrain, aussi, le tandem est passé à la vitesse supérieure. Non contentes de fermer leur voiture aux préfets, les deux comparses refusent en plus de transmettre leur programme à l'avance aux autorités préfectorales. *« Vous n'avez pas à savoir ce que l'on fait ! »* En marge des visites dans les quartiers qui provoquent toujours autant d'affluence comme lors de l'inauguration de la patinoire de Longjumeau, elles s'impliquent dans d'autres types de rencontres, plus ciblées. Au grand étonnement des conseillers de la place Vendôme, des têtes nouvelles font leur apparition dans la délégation ministérielle. Ces personnes sont manifestement présentes pour guider Rachida Dati vers des associations. *« C'est communautaire mais pas seulement, on fait fonctionner le porte-à-porte, en dehors des relais habituels. L'autre jour, un journaliste nous suivait et semblait déçu parce qu'on ne rencontrait que des Blancs »*, raconte NKM. Cependant, la maire de Longjumeau remarque volontiers que *« l'essentiel du réseau de Rachida est composé de beurs »*. En marge de l'appareil, Belle-Amie continue à travailler pour son propre compte.

Les deux ministres n'ont pas dissous leur G2 malgré les avertissements. Bien au contraire, elles œuvrent de concert à consolider leur avenir au sein du gouvernement. Et quand la tempête se déchaîne sur Rachida Dati, NKM vient en renfort. Sur le plateau de l'émission « Mots croisés », sur France 2[1], elle n'économise pas son soutien à la garde des Sceaux, désavouée par le gouvernement pour sa vision de la réforme de l'ordonnance de 1945 sur la responsabilité pénale des mineurs. Prenant acte du rapport Varinard qui suggère, notamment, de fixer la responsabilité pénale à douze ans et d'envisager dans certains cas des peines d'emprisonnement, Rachida Dati a jugé cette proposition *« de bon sens »*. Malgré des précautions oratoires d'usage et quelques nuances – la ministre de la Justice ne s'est pas prononcée en faveur de l'emprisonnement des enfants de douze ans – Rachida Dati a soulevé une polémique supplémentaire, suscitant un désaveu cinglant de François Fillon qui s'est déclaré *« résolument hostile à cette mesure »*.

Nathalie Kosciusko-Morizet, en partenaire loyale, se déplace désormais avec des fiches sur les chiffres de la délinquance des mineurs et les exhibe aux journalistes dès que la conversation dévie sur Rachida Dati, ce qui arrive en général assez rapidement. *« Puisqu'on l'empêche de s'exprimer, voilà ce qu'elle veut dire »*, précise NKM, munie d'éléments de discours dans les coulisses des émissions où elle est invitée. La ministre bâillonnée par sa propre équipe enrôle une amie du gouvernement pour convaincre les médias de relayer ses messages : la stratégie de Rachida Dati est à double tranchant.

Quand on est inaudible ou entravée, on peut, en effet, laisser parler les autres à sa place. Mais ce faisant, Belle-Amie ne prend-elle pas le risque d'admettre, *urbi et orbi*, sa propre faiblesse ?

1. lundi 8 décembre 2008.

Épilogue

Officiellement, Rachida Dati n'a pas lu *Belle-Amie* depuis la parution de la première édition, en février 2009. En réalité, elle a calé chacun de ses pas pour réagir aux faits rapportés dans notre enquête. *« Un livre me descend et je vais rester sans rien faire ? »*, s'est-elle justifiée devant quelques proches.

Les événements se sont succédé dans la vie de Rachida Dati. Méthodiquement, elle s'est appliquée à médiatiser ses gestes dans l'unique but de rester au centre des regards. Sa sortie de clinique après son accouchement, par exemple, a été organisée selon un scénario millimétré, entraînant un vif débat sur les congés maternité des femmes ministres. À contrecœur, Rachida Dati a accepté d'être candidate en Île-de-France pour les élections européennes, obligée par le président de quitter le gouvernement. *« Pourquoi Rama Yade a le droit de désobéir et de rester ? »*, s'est-elle plainte dans le secret du bureau de Nicolas Sarkozy. Ce jour-là, la future députée européenne a tenté le tout pour le tout. En vain. L'homme de l'Élysée est resté de marbre. Ni les pleurs ni l'argument de l'éloignement d'avec sa fille n'ont réussi à attendrir le chef de l'État pourtant porté sur le sentimentalisme à l'égard des femmes qu'il a promues. *« Il y a une crèche au Parlement européen, j'ai vérifié »*, a-t-il rétorqué. Excédé, le président a brutalement mis fin à la discussion. *« Je te rappelle que tu es là pour me servir et non le contraire. Tu iras là où j'ai besoin de toi... Quitte à ce que tu reviennes plus tard au gouvernement. »* Une promesse énoncée à la tribune d'un conseil national de l'UMP devant une Rachida Dati au visage fermé. La presse s'est ensuite passionnée pour sa campagne francilienne. Commencée par un énorme cafouillage lors d'un débat face aux jeunes UMP de Paris, elle s'est achevée dans l'euphorie d'un triomphe personnel en trompe-l'œil.

Dans l'intervalle, Rachida Dati s'est aussi employée à riposter à notre ouvrage. Pour mener sa contre-offensive, elle a démarché la papesse de la stratégie médiatique, Anne Méaux, scellant au passage une étonnante alliance : dans les années 2004-2005, c'était précisément Anne Méaux qui déconseillait vivement au PDG de Veolia Environnement, Henri Proglio, de s'afficher avec Rachida Dati, considérée alors comme une intrigante. Les années ont passé et Anne Méaux, *« dans un élan de solidarité féminine et à titre gracieux »*, selon ses termes, s'est piquée de réhabiliter Dati dans l'opinion. Pour cela, elle n'hésitera pas à prendre elle-même son téléphone et à caler avec les différents médias les entretiens « exclusifs » de la garde des Sceaux, murée dans le silence depuis la publication de *Belle-Amie*. Méaux prend alors en main une Rachida Dati passablement abattue qui pense un temps quitter la politique. C'est du moins ce qu'elle laisse croire à quelques personnes qu'elle consulte au début de l'année 2009. Yazid Sabeg est de ceux-là. Le commissaire à l'Égalité des chances est conscient des failles et des erreurs de Rachida Dati. *« Le jour où elle s'est retrouvée en une de* Paris Match, *j'ai compris qu'elle allait chuter »*, dit-il. Toutefois, durant cette période difficile pour Rachida Dati, Sabeg l'encourage à se relever et à écouter les critiques pour évoluer. *« Tu dois continuer, tu incarnes quelque chose. »*

Continuer? Belle-Amie déclenche son opération de « bombardement » médiatique, allant de l'interview sérieuse dans le *Journal du dimanche* destinée à la réhabiliter sur le terrain de la compétence à une émission musicale sur Fun Radio visant à démontrer sa popularité intacte. En passant par un « Vie privée, vie publique » sur France 3, présenté avec une empathie débordante par une Mireille Dumas conquise. L'émission a battu des records d'audience. Une « séquence de com », comme disent les experts, qui révèle toutes les contradictions et les faux-semblants du personnage. Celle qui affirme et martèle qu'elle n'aime pas évoquer sa vie privée, qui exhorte les observateurs à regarder son bilan ministériel plutôt que son intimité, conclut ses interviews par un aveu vibrant: *« Ma plus belle réussite, c'est ma fille Zohra. »* Échantillon témoin de la période bling-bling du quinquennat Sarkozy, Rachida Dati n'hésite plus à enrôler sa famille de Chalon à la une des magazines pour mettre à l'affiche un nouveau *soap opera*: *« Rachida parmi les siens »*. Oubliées, les toilettes, la *jet-set*, les intrigues, mais pas question de perdre le nord pour autant. La prestation très remarquée de M'bark Dati dans l'émission de Mireille Dumas, qui expliquait pourquoi il avait décidé de placer sa fille dans une institution catholique, correspondait à un but bien précis. *« Il fallait que mon père* *dise cela pour les cathos du VIIe arrondissement* », a confié au lendemain de l'émission la maire de ce très chic arrondissement parisien…

Et le livre dans tout ça? À chacune de ses prises de parole, Rachida Dati s'est ingéniée à y répondre point par point, chapitre par chapitre, tout en affirmant sans arrêt ne pas l'avoir lu! Pas incompétente mais amnésique, il fallait y penser!

Une révélation a allumé la mèche sur Internet à la sortie de *Belle-Amie*: celle de la relation très privilégiée entre la fille de M'Bark Dati et le procureur général du Qatar, Ali Al-Marri. Qu'écrivions-nous dans la première édition de notre ouvrage? Que cet homme fin et cultivé, francophone et francophile, amené à rencontrer régulièrement son homologue française dans un cadre professionnel, avait pris plaisir à ces rendez-vous. Que tous deux s'étaient retrouvés à plusieurs reprises à Doha et à Paris. Parfois lors de dîners fins en tête-à-tête. Qu'un long séjour de Rachida Dati avait eu lieu au Qatar en avril 2008. Et que, selon certaines sources au sommet de l'État, le procureur général était tout aussi légitime que bien des ministres français à figurer sur la liste non exhaustive des papas présumés de la petite Zohra. Cette analyse étayée par plusieurs sources indépendantes, et relayée dans notre ouvrage, est devenue une information sur plusieurs sites Internet consacrés à l'actualité des stars et dans les colonnes de quelques journaux imprudents. Pour être tout à fait clairs sur le sujet, nous répétons ici que seule Rachida Dati est en mesure de révéler l'identité du père de sa fille, mais nous maintenons nos informations selon lesquelles le Qatar est un lieu primordial pour Rachida Dati dans sa relation à la maternité.

Édifiante, l'histoire inédite du vrai-faux démenti du procureur qatari mérite ici d'être reconstituée. Une semaine après la sortie de *Belle-Amie*, *Le Figaro* publie un confidentiel non signé affirmant que M. Al-Marri a envoyé une lettre à l'ambassadeur du Qatar en France pour lui signifier, en substance, qu'il n'a aucun lien avec le bébé de Rachida Dati et qu'il a pris ses dispositions avec ses avocats pour ne pas laisser enfler la rumeur. Dans cette missive, le procureur parle de *« contrevérité »*. On se souvient que les autres personnalités présentées, par la rumeur ou les allusions de Rachida Dati, comme le père de la petite Zohra s'étaient fendues d'un démenti net et public, formulé sans équivoque. S'emparant d'un extrait de la lettre du procureur du Qatar, une partie de la presse française se fait l'écho d'un démenti formel du procureur. Nous avons, de notre côté, choisi de mener un bout d'enquête sur cette étrange dénégation d'une information que nous n'avions pas présentée comme telle. Jointe par nos soins, la direction du *Figaro* nous a confié ne pas savoir qui possédait cette lettre à la rédaction. Impossible, donc, de nous en transmettre une copie. Nous sommes ensuite entrés en contact avec M. l'ambassadeur du Qatar, qui invita fort courtoisement l'un des auteurs à prendre un verre. Que dit-il ce jour-là ? Qu'un démenti public du procureur Al-Marri n'a jamais été envisagé. Il expliqua aussi que, si la lettre citée dans *Le Figaro* existait, il s'agissait d'une correspondance privée non destinée à une quelconque publication. Interrogé sur le tour de passe-passe qui fit que des extraits de la missive atterrirent dans les colonnes d'un journal français, il répondit en ignorer les tenants et les aboutissants. Nous attendîmes patiemment le délai légal de trois mois après parution au-delà duquel on ne peut plus attaquer un livre en diffamation : le procureur et ses avocats ne pointèrent guère le bout de leur assignation.

En vérité, la manœuvre était parfaite. M. Al-Marri qui s'est toujours refusé à nier sa paternité supposée par les canaux traditionnels – communiqué, interview, déclaration publique façon Bernard Laporte... – a réussi à obtenir par un coup de billard à trois bandes un démenti dans les médias français et étrangers. Pour autant, au Qatar même, le doute subsiste. Du fait, justement, qu'il n'ait jamais pris l'initiative de dire clairement sa part de vérité dans le pays où il vit, travaille et entretient sa famille.

Quoi qu'il en soit, Zohra grandit et, comme nous le prévoyions fin 2008 lors de sa naissance, elle est devenue une pièce maîtresse dans le jeu subtil de la communication de Belle-Amie. À la une de *Paris Match* du 10 juillet 2009, des photos autorisées montrent la députée européenne radieuse, son bébé dans les bras. « *Enfin libre, enfin maman* », titre l'hebdomadaire. À la lecture de l'article, on apprend que Rachida Dati a dû emmener plusieurs fois sa fille à l'hôpital Necker pour soigner une fièvre récalcitrante. « *Elle ne va pas mourir, docteur?* », aurait-elle lancé au pédiatre. La fin du reportage restitue un concentré de l'ADN politico-médiatique de Belle-Amie : le *name dropping* dont Rachida Dati a usé et abusé tout au long de sa carrière, sa capacité à émouvoir mais aussi à susciter l'admiration autour d'elle, son incomparable talent pour continuer à faire parler d'elle malgré une discrétion notable sur la scène publique. « *En attendant,* écrit Élisabeth Chavelet, *Tapie lui a trouvé des "missions ponctuelles"*

– fort bien rémunérées – auprès du cabinet d'avocats américain Willkie Farr & Gallagher [...]. *Dimanche dernier, elle confiait à une intime : "Je suis heureuse. J'ai retrouvé une vie privée, mes amis. J'ai mon bébé, et mon mec que j'aime. Avec lui j'ai décroché la lune."* [...] *Quand connaîtra-t-on son visage et son nom ? "Peut-être quand Zohra rentrera à l'école."* » Pas dupe, la journaliste de *Match* termine son sujet en décryptant la stratégie de Belle-Amie : « *Rachida sait très bien que ce suspense autour du père nourrit le feuilleton médiatique autour d'elle. Alors pourquoi y mettrait-elle fin trop vite ?* »

Il n'est pas certain que cet article ait l'heur de plaire au nouveau conseiller politique de l'ex-ministre de la Justice, François-David Cravenne. Celui qui est d'abord le plus proche collaborateur de Christian Estrosi au ministère de l'Industrie incite sa protégée à reprendre la main « sur le fond », comme il dit souvent. Il la voudrait présidente de commission au Parlement européen, élue active au Conseil de Paris, femme de dossiers privilégiant le contenu au contenant. Parfois, elle l'entend ou, en tout cas, concède quelques gages de bonne conduite. Puis, renouant avec ses vieux démons, la voilà qui s'offre à une nouvelle vitrine *people*. Assoiffée de notoriété, paniquée à la seule idée d'être oubliée, Rachida Dati a occupé le terrain par tous les moyens en attendant l'ouverture des hostilités à Strasbourg. Installée, elle essaiera de traduire dans ses codes l'antienne de Nicolas Sarkozy : « *L'Europe est le nouvel espace de développement des carrières politiques de haut niveau.* »

Dès ses premiers pas au Parlement européen, elle a tenté de soutenir la comparaison et le match médiatique avec… Daniel Cohn-Bendit ! Le pourtant madré député d'Europe Écologie s'est benoîtement prêté au jeu et a accepté de jouer les *sparring-partners*, offrant à la novice une tribune inespérée. Cohn-Bendit a parié publiquement que Rachida Dati ne tiendrait pas six mois « *sans les caméras* ». Les premières séances de Rachida Dati ont surtout permis aux journalistes de constater qu'elle possédait désormais deux Blackberry sur lesquels elle pianote alternativement depuis son banc sans se préoccuper de ses collègues. Du Palais-Bourbon au Parlement européen, « *the show must go on* ».

Vivant son exil comme un authentique bannissement, Rachida Dati prépare sa vengeance. Sa cible : le noyau dur des sarkozystes qui, elle en est persuadée, ont œuvré à sa perte. Dans quelques moments de colère, elle s'est même laissée aller à pointer Nicolas Sarkozy en personne. « *Elle s'apprête à régler ses comptes* », affirme un observateur privilégié des coulisses du pouvoir et de ses batailles feutrées. Afin de bien faire comprendre à l'Élysée son état d'esprit, Belle-Amie a pris soin de rencontrer *urbi et orbi* les principaux acteurs du camp d'en face, les chiraquiens. Déjeuner avec Jean-François Copé, amitié affichée avec Christian Jacob, l'anti-sarkozyste militant… Elle a aussi déjeuné avec Jacques Chirac et Valéry Giscard d'Estaing, histoire de montrer à Nicolas Sarkozy qu'elle était tout à fait capable de se trouver d'autres mentors. Les chiraquiens se réjouissent de ce que certains appellent une prise de guerre.

On le voit, Rachida Dati n'est pas près de disparaître du paysage politique. Certes, une page est tournée. Ses protecteurs du début, Albin Chalandon et Simone Veil surtout, assument désormais leur déception à l'égard de celle dont ils ont accompagné les premiers pas et couvert les insuffisances. Mais elle demeure une ex-garde des Sceaux. « *C'est comme être champion du monde, on l'est une fois et c'est pour la vie* », a-t-elle confié à Ludovic Vigogne, de *L'Express*. En l'espace de deux ans, elle a atteint deux de ses objectifs majeurs : se hisser au sommet du pouvoir et être maman.

L'Alsace, sa choucroute, ses marchés de Noël... Rares sont ceux parmi ses proches qui parient sur une histoire d'amour entre l'Europe institutionnelle et la dame du VIIe. Du coup, Henri Proglio, influent patron de Veolia, brouillé puis réconcilié avec sa tendre amie, active de nouveau ses réseaux pour elle. Car il sait mieux que quiconque que c'est à Paris et nulle part ailleurs que Belle-Amie poursuivra sa perpétuelle quête de gloire.

REMERCIEMENTS

À tous nos interlocuteurs, de la base au sommet de la pyramide politique et judiciaire, qui ont accepté de sortir pour la première fois de leur silence.

Aux acteurs ou témoins directs de scènes qui ont nourri ce récit, même s'ils ont parfois tenu à garder l'anonymat. Là aussi, ils se reconnaîtront.

À Gabrielle de Préval pour sa relecture vigilante et Marie Roussos pour la qualité de ses recherches.

Enfin, merci à Agnès et Sophie, toujours partantes pour nous soutenir, nous écouter et nous lire avec enthousiasme et perspicacité.

Qu'elles soient ici tendrement distinguées.

Table

Cet ouvrage a été composé
par Atlant'Communication
aux Sables-d'Olonne (Vendée)

Impression réalisée par
ROSÉS
en août 2009
pour le compte des Éditions Archipoche.

Imprimé en Espagne
N° d'édition : 114
Dépôt légal : octobre 2009